本书由 天下杂志股份有限公司 正式授权

上好一村

李　昂
刘克襄
林文义

著

十八个充满**阳光**与**希望**的台湾小镇故事

当看到深爱的家园　纷扰　争执　撕裂不断
此刻唯有互相信任
敞开心门 打开家门 一起携手同行
才能找回幸福圆满的未来

社会科学文献出版社
SOCIAL SCIENCES ACADEMIC PRESS (CHINA)

清华大学社会学系获得台湾信义房屋周俊吉董事长的支持成立了社区营造中心，同时，有意将台湾的社区营造经验整理出来供大陆参考，由社会科学文献出版社支持出版。社区营造的经验是台湾这些年来最值得讨论的空间与社会、专业与政治的课题，值得写几句话作为两岸社会之间互动的寄语。

就一个发展中地区而言，台湾原本在欧美1960年代社会运动的历史脉络下形成的社区设计 (community design) 中是没有实践的历史条件的，社区营造政策在台湾的建构有特定的政治时空。1990年代，因为政治强人过去之后国民党内高层的权力斗争，使得时任领导人需要获得草根社会的支持力量来取得政治上的正当性。当时的"文建会"副主委陈其南所主导推动的"社区总体营造"政策遂取得了政治的空间来面对政治民主化过程中所释放的台湾社会的力量，或者可以说政府被迫必须以政策来面对已经动员了的社会。这种由上而下的社区营造政策的执行过程对当时台湾发生的社区运动虽然存在社会力量被政府收编的效果和官僚机构执行的形式化后遗症；但是，台湾的草根社区也终究有机会参与到地方环境改善的决策过程中了。社区营造，其实就是社区培力与维权 (community empowerment)。

对台湾的政府层面而言，社区营造是提供资源、收编社区动员、交换地方治理的正当性、建构新的政府与民间关系的一种政策手段。

1

这时，对台湾草根社区的考验，就在于它们与政府的关系是否会像一般的发展中国家和地区的社会动员那样，最终交付政治上的忠诚以交换选票或资源，而这样的过程经常就会继续复制父权文化的不平等关系。

所以，对台湾的社会而言，关键在于社区动员与社区培力的过程中，如何建构社区的主体性，知道社区自己的位置与角色，避免民粹政治下政党领袖的政治收编，也避免社区内部单方面竞争资源而造成的分裂。这是市民社会建构的必要过程，甚至，也让市民社会有可能进一步穿透政府的层级治理。于是，当这种层级治理的正当性不在，社会运动提供了社区参与的机会与折冲斡旋的政治空间，这就是参与式规划与设计的过程。政府与民间的关系，历史上第一次开始变得平等，也因此，公共空间的营造特别值得分析。

对空间规划与设计的相关专业者而言，社区营造提供了一种社会学习的机会，使其能脱离现代学院的封闭围墙与现代设计专业上的形式主义陷阱。这些专业者与民间社会互动，得以回到历史的中心。社区营造过程中的社会建筑，有助于市民社会的形成。

台湾大学建筑与城乡研究所名誉教授

夏铸九

2013年5月书于河南嵩山会善寺

上好一村 十八个充满阳光与希望的
台湾小镇故事

什么是社区营造？我认为社区营造的定义是，一个社区的自组织过程，在这个过程中提升社区的集体社会资本，达到社区自治理的目的。

现在我们常常喊社会管理创新，喊社会建设，但如何才能把社会建设落到实处？就是要让民间产生很多自组织小团体，自我治理，自己解决很多社会问题，又能在大集体中和谐共存，协商解决矛盾。其中社区是最重要的自治理小团体，我们的社区自组织研究旨在提供这样一种将社会建设落到实处的方法。

社群的本质是一个个以情感性关系和认同性关系为基础的知根知底的小团体。在这种小团体中，信息不对称问题较少，所以声誉机制的评价会变得可以信赖，从而发展出自治理的规则以及监督机制。因此，小团体自组织出能自治理的社群，如商业协会、职业协会、NGO、网上网下的俱乐部、社区协会、合作社等，其中地理性社群就是社区。在声誉机制及监督机制中，道德化成不同群体的非正式规范，在自治社群的日常生活中，在内部成员相互监督又相互惕厉下，现代生活的伦理才能落地。

其实，我们今天看到的许多社会问题在 20 世纪的各国都有发生，工业时代的管理手段解决不了复杂社会的问题。英国、美国、日本等，凡是这些经历了现代化、全球化、城市化、资本主义化和市场化的国家和地区，都走过和中国今天同样的社会转型之路，1990年代的台湾也面临相似的问题。那么他们是怎么走出来的？就我个人和所在的团队而言，选择进入灾区、社区进行社会学方面的实践，或许就能找到我们社会未来可以走的路。

我认为台湾1990年代有两个最重要的运动：一个是包括职业社群的自治理运动，如教授学术伦理、律师法治伦理、医生医德、媒体新闻伦理等一系列专业社群自我改良运动；另一个就是社区营造运动，在这个过程中基层百姓学习如何自治理、自组织以解决问题，通过民主协商实现多元包容、和谐相处。这个运动影响了台湾广大的民众，也对台湾政治和社会发展起到了非常关键的作用。

社区营造就是要政府诱导、民间自发、NGO帮扶，使社区自组织、自治理、自发展，帮助解决社会福利、经济发展、社会和谐的问题。现代社区有大量的对养老、育幼、抚残、儿童教育、青少年辅导、终身学习的需求，政府能做的是"保底"，一碗水端平地保障每个人最基本的需求；NGO专业机构能起到重要的作用，但杯水车薪不足以涵盖整个社会的需求。所以最能够提供这些社会福利的正是社区自身，最关心孩子的是他们的父母，最关心老人的是他们的儿女，如何让这些人走出家门，结合起来，一起为社区提供这些福利"产品"，是社区营造的第一要务。

其中乡村的社区营造更在很多地方发展出后现代的小农经济，注重文化多样性、社区生活重建、生态保育等几个方面，发展品牌农业、

上好一村 十八个充满阳光与希望的
台湾小镇故事

特色农业、观光农业、食材特供基地、休闲旅游、深度旅游，提供长住等。这拉近了城乡间的差距，在部分地区解决了乡村空心化的问题，为新城镇化找到了城乡平衡发展的道路。我们现在习惯把"三农"称为问题，但其实恰恰相反，"三农"不是问题，"三农"是未来产业重大发展的宝库。

社区营造的另一个重点是它可以保存中华文化基因多样性。只有社区保留并新生了其特色文化，多种多样的中华文化才有实质的内容，而不仅是博物馆中的摆设。惠州复制了一个奥地利小镇，外国人完全不能理解为什么拥有千年历史的中国会"山寨"别人的文化。我们可以"山寨"街景，但无法"山寨"文化。因为小镇所拥有的特殊气质、每个人家不同的故事是无法被"山寨"的。如果我们从社区营造的角度，把社会建设这个维度加进去，政府与商业就不再成为主导角色，而是发挥其诱导与培训功能。社会应该利用自有的管理与组织抵御商业和政府对本地固有生活的侵蚀，中华文化基因多样性才能被保存，我们的文化创意才会有根底。

清华大学社会科学学院社会学系教授、博导，信义社区营造研究中心主任

罗 家 德

2013年6月书于清华园

1950 年代，在美国宾州罗塞托镇（Roseto），小镇居民的心脏特别健康，年龄在 65 岁以下的几乎没人有心血管疾病。小镇没有人自杀，没有人嗑药，更极少发生犯罪案件。在医学不发达的年代，小镇居民既抽烟又喝酒，而且长期食用高胆固醇的猪油。可是，小镇居民平均寿命却比全美国平均寿命高出 30% ~ 35%。研究报告指出，罗塞托镇居民特别健康长寿的原因，是小镇的"社区关系"非常紧密，居民常常相互串门子，不定期在住家后院烹煮聚会，在街上相遇都会停步问候。让小镇居民健康、快乐和长寿的原因，其实是敞人心怀的"社区关系"。

到了 21 世纪的今天，提到"社区"，你会想到什么？疏离的人际关系，还是浓厚真诚的人情味？相信很多年轻一辈可能连隔壁邻居住的是谁，或是他们家庭成员的背景都不清楚，更别说会互相打招呼问候了。但是，以前的台湾社会，其实就像罗塞托镇，哪条巷子搬来了新住户，谁家女儿要出嫁，发生任何大小事，社区的人都知道得清清楚楚。有谁需要帮忙，大家都会伸出援手，透过"互助、互信"四个字，将社区居民的心紧紧维系在一起。

对深刻体会过人与人真诚互动的我来说，"踏出家门的第一个范围也当成自己的家"；不只是一个楼梯、一栋公寓、一条街、一个乡镇，甚至整个台湾，都是社区的延伸。高雄宝华社区有五十多座公共楼梯，把家从台北搬到高雄的王瑞成先生，获得"社区一家"赞助计划赞助款后，带着妻子和小孩开始一个楼梯、一个楼梯地油漆，让原本灰暗的角落变成美丽的艺术回廊。"老台北人"变成"新高雄人",换来的是平凡的楼梯角落,转而散发出活泼的色彩。如果能"珍惜共同的过去",同时"重视共同的未来",我相信,将可形成一股正面的力量,让台湾重回美好、互信、互助的年代,让"家在台湾"成为大家的骄傲和期盼。

2004年4月因为大选造成社会撕裂,人与人之间彼此冲突,不再信任,整个社会弥漫着对立的气氛,想要劝大家停止冲突似乎很难。信义房屋是从台湾这个土地成长起来的,很想回馈社会,设法让大家停止争吵。"待有余而后济人,必无济人之日。"所以,当下我们提出"社区一家"赞助计划,以五年为期,提拨总赞助金额超过一亿元,帮助全台397个社区实现对家与社区的梦想,为的就是让人们心中的小爱,借由社区改造升华成对社区邻里的大爱,找回从前"里仁为美"的中道力量。

"社区一家"赞助计划只是为台湾社区种下的一粒种子,人心的改造才是活动的精神所在。我相信,每个人心中对于自己生活的社区都有着一定的梦想与想象,只是少了一股让它动起来的力量,期望借着"社区一家"赞助计划,与关心社区的民众一起努力,一起实现社区的愿望,因而凝聚社区的力量,让原本幕已半垂的社区舞台,开始热闹灿烂、燃放希望,串起信任,延伸幸福,让台湾成为最美丽的家乡。

信义房屋董事长

周俊吉

目录

李昂

啊！小小的一个台湾岛，
带领周边的小岛，
发展出如此不同、有特色的在地文化，
构成台湾的风貌如此多彩多姿。

李 昂

外公的澎湖湾

No 1. 澎湖县湖西乡HI剧团刘馨榕

我在这里看到最少的投资、最大的报酬。
她们拼出的，
可是人生一幅美丽的远景地图。

首页摄影／陈建维　内文摄影／陆大涌

飞机飞近

澎湖，要在马公机场降落时，我看到窗外一片美丽的蓝海，深深浅浅不同的蓝色，干净无污染，一如我在一些世界级的度假胜地看到的海洋。飞机近距离贴近海平面飞行，好似会在蓝色海面上降落般，神奇又特别。新建的马公机场、明亮的阳光、蓝的天，我立时有着十分"度假"的感觉。飞离台湾，还真有"出国"的意味与放松呢！

"外公的澎湖"计划的负责人刘馨榕与工作室的老师王贞儒一起出现，晒黑的皮肤、诚挚的表情。我更感受到离开台北市的明显不同。三十来岁的刘馨榕是澎湖人，短暂住过台湾，决定还是回"湖西"她的故乡从事社区工作。她和工作室的伙伴，让我看到久违了的一种台湾女性——不是大谈"欲望都市"的种种，不会满口工作压力，得借SPA、购物减压，或者是在电脑前当个"宅女"……

哦！不！刘馨榕和工作室的伙伴，素朴、实在，亲近社区、土地，不物质化，不只是追求个人的成就，给了我久违了的美好感觉。真高兴来到澎湖。

从机场开车到湖西乡海边的民宿，只有十来分钟的车程。我很快地将从地图上学得的地理位置，和实际的地方印证：这个有二十二个村、人口一万多人的湖西乡，简单地讲，就在马公的隔邻右方，占地三十几平方公里。被认为资源不若马公充裕，导致人口外流严重。

我却看到了不同的湖西乡。而有趣的是，我对湖西乡的认识，来自刘馨榕提案的"外公的澎湖湾"，由故事妈妈和孩子们的表演中。

这样"认识"一块土地的方式，不能说不奇特吧！

对"HI 剧团"（HI 与海同音，另有"海剧团"之义）的主持人刘馨榕来说，剧团成立的初衷是想做个"生活剧场"。"生活剧场"在 1960 年代的美国有其专属意义，刘馨榕要做的只从最基本的出发：生活中最重要的。生活中最重要的，当然包括年青一代丧失对自己土地的认识与关怀。所以，故事妈妈从戏的一开始就不断地提醒和叮咛：

不记得澎湖的历史源头在哪里。
不记得大海的鱼儿何时变得稀少。
不记得澎湖的人都到哪里去了。
不记得海边的沙滩什么时候流失了。

这段开场由两个故事妈妈吕素暖和李淑华念出，奠定了整出戏的中心想法。李淑华尤其还是个四川新娘，远嫁来澎湖，加入了这场演出，其中有的族群融合，建立新的多元社区文化的意义重大。

要寻根，要认识自己的土地，"外公的澎湖湾"选择的居然是从台北起飞：小栗子与美美两个小朋友，在松山机场挥别妈妈，要前往澎湖探视外公。

"HI 剧团"的主持人刘馨榕。
（刘馨榕提供）

这样从台湾（尤其是台北）回归澎湖的观点，是不是也代表着许多澎湖人走过的心路历程?！于是，海边补着渔网的外公，带领着小栗子和美美，从"北寮看海""出海捕鱼"，到"隘门露营""果叶看日出"，来一趟寻根之旅。

如果说，我认识湖西乡的方式，一开始是从这出戏提出的地点：

北寮、隘门、果叶、出海。"外公的澎湖湾"便较任何旅游导览的书、影片，以更好的方式介绍了湖西乡。"更好"，是因为这里面包含了生活的意义。

拿到信义房屋"社区一家"的赞助后，馨榕面临的是时间的巨大压力，以及人才的问题。定位是故事妈妈讲澎湖湖西乡的相关故事，首先要找的是可以参与的妈妈和孩子。"要在马公市筹备这样的演出，一定有较大的困难。"刘馨榕说，"马公市的妈妈更关心的可能是送孩子补习、学才艺。"

没错，不要说在马公市，在台湾的都会圈里，升学竞争及学习"有用"的才艺，使得很多妈妈宁可送孩子学英文、钢琴。然而在湖西乡，我看到了一群热心、可爱的妈妈："船长的太太"蔡月娟，台中出生、在客家庄长大，做过幼儿保育员，嫁来澎湖后，是船长丈夫最得力的助手。陈丽妃也是"船长的媳妇"，身兼HI剧团及"爱莲读书会"的总干事，她能力高强但又情感丰富，说到激动处常红了眼眶，可爱极了。她的女儿即在戏中演"外公"。

澎湖近海

捕鱼常用"延绳钓"，长绳有勾子吊着小鱼，船出海放入海中钓鱼，再看情形收绳。这较撒细网将大小鱼都网上来，对鱼资源的保育好许多。当然，故事妈妈也不尽是与捕鱼相关。潘美枝是乡公所的总机员，李淑华是家庭主妇，吕素暖家中开饰品店。她们加入演出，也带着孩子参与。

参加演出

的孩子，最先引起我注意的是辛冠霖。将要上中学，长得好看周正，而且有些腼腆。据剧团的大伙说，他还会装酷，女生缘极好，因为他肯帮忙人家而且脾气好、不容易生气。我们都觉得他应该是最佳男主角。但由于时间不能配合，又不能忘情参加演出，结果只在舞台上演出"举牌"，就是举着比如"果叶"各地地名的牌子。

我对他参与的"小法"十分感兴趣。特别抽空在傍晚时分到邻近的湖西天后宫看孩子们如何学习。辛冠霖到得较晚，立即接手打鼓。与都市孩子们练的时髦打击乐器当然不同，敲打寺庙仪典传统的锣鼓，另有种安定的节奏力量。我是那种传统寺庙法事的拥护者，这些仪式维持地方一定的向心力。

我很高兴这些法事能在"一般"的孩子身上得到传承。过往这类工作都是家族相传，而且会被当"低等人"看轻。晚近像有些"八家将"成为小帮派吸毒的聚集处，许多家长都不让孩子参与。在湖西乡，寺庙与年青一代，自自然然地结合，不致被贬低为"迷信"，值得推崇。

对刘馨榕来说，湖西乡乡长陈振中，是促成此计划能圆满达成的重要原因。陈乡长老实，带着中年人的梦想，是还会看日本动漫《小厨师》的那种人。热心地方的种种，让我看到这地方首长，因为是乡长，更有能力由根将地方弄好。排练过程中，教表演的老师每次来澎湖，飞机票昂贵，住宿也不便宜。乡长开放自己的宿舍让老师住，省

掉大笔开支，可以有更多的经费用在演出上。处处给予方便的还有湖西乡的图书馆馆长洪瑞男，他提供图书馆为排练场所，让 HI 剧团有个家，方不致无处可去。

　　排练时间选在星期六、日，妈妈孩子们得空，但难为了乡公所与图书馆的人员，得来开门、锁门，还送茶水，假日里多了额外的工作，但都不曾抱怨。一场演出需要布景、服装、化妆、灯光、音效各方面的配合，灯光、音效等专业器材，从台湾请来。但刘馨榕动用她长年在社区经营的人脉，克服了许多困难，也达到了社区合作参与的良好成效。

　　与妈妈、孩子共同画布景的洪闲芸小姐，无疑最值得称道。在马公市开咖啡馆，墙上挂满十分有特色的油画，原来是洪小姐的作品。

对这位只学过三个月油画的业余画家，我真心地称赞。以她熟悉的澎湖女性为题材，不管是表现海边剥蚵，还是田里种作物的年长女性，颜色、构图都已有自己的特色。难怪一位到台湾发展成功的知名企业家，对着画流下泪来，不计价格买画的理由是："让我想到母亲当年辛劳的模样。"

洪闲芸接手布景工作，首先决定不用布幔而用木板。油彩价格昂贵，改用油漆。先画好小张的简单配置图，画面上一定要有澎湖特色。于是，蓝空碧海、沙滩、石房子，还有澎湖岛花的天人菊满满盛放，当然，不要忘了一条渔船。再将妈妈与孩子分组：各画各的花、海、船等。"我要他们放心地画，我会做最后的修改。"果真，孩子和妈妈们可以得意地告诉别人："这朵花是我画的，这片云、天空是我画的……"

收获最多

的当然是"船长的太太"。她问洪闲芸，可不可以用他们家的船"金宝发三号"命名画上的船？"你们画的啊！没问题。"得到首肯，蔡月娟将"金宝发三号"描上船首。

画在木板上的布景可以移动，目前暂放在湖西乡公所的礼堂，下次演出还可以再用。"出问题"的是，刘馨榕不知要买多少油漆，有的颜色用来调色而已，布景画完剩下一大堆，不知如何是好。最后决定："鼓励乡公所也借此油漆一下啰。"

（社区提供）

每多一次演出，我们大家，
会更懂得如何去了解珍爱我们的土地、我们的家。

最"惊险"的当然是演出。早上彩排时孩子们还在玩，小孩不急妈妈急。演外公的许娟涓，被化上老妆已觉得不好，听到还要把头发染白，干脆放声大哭不演了。才小学五年级的许娟涓，哭累了，躺下来睡着了，还吸手指头。妈妈在一旁看得心疼又不知怎么办。还好，睡醒了继续排演。尤其正式演出一上台，装老的样子引起台下一阵阵笑声，她愈演愈起劲，自己有信心也得到许多掌声。"标准的台下一条虫，上台一条龙。"有妈妈说："真是'鬼上身'。"

孩子们学习进入角色中，像许家萦演一个大美女观光客，仔细观察来澎湖观光的人，还向妈妈借太阳眼镜、相机。果真，一上台，嗯！还真像。演男主角的许芝蓉演讲比赛拿第一名，在台上骑机车载着女朋友洪佳缘，还真有模有样。一群台上游来游去的小鱼、螃蟹，是最好的视觉效果。

妈妈们的辛苦不用说，有时连老公都抱怨："假日都看不到你们"，妈妈只好耐心向老公解释小朋友参与演出在成长中的重要性。

这场演出从排练到舞台上演出，给了湖西乡从乡长、图书馆馆长、刘馨榕和工作室的伙伴、妈妈们、小朋友们一次"共同为一个目标努力"的动力。像我们老爱说的："结果没那么重要，重要的是过程。"没错，这整个过程，不只是小朋友，连大人，都是一次宝贵的经验。

我更鼓励"外公的澎湖湾"能继续到学校、各式场合演出，因为每多一次演出，我们大家，会更懂得如何去了解珍爱我们的土地、我们的家。

"果叶村"的拼布

也值得一提。信义房屋"社区一家"支持 HI 剧团演出，连带的，带来果叶村一群太太们巨大的变化，这大概是始料未及的吧！开始是与刘馨榕熟识的葛菁菁，看到 HI 剧团在地方上带动的活力，在刘馨榕的帮助下，也向"社区一家"提出申请：要以"拼布"的手法，制作一面果叶村的地图，因此拿到十万块的赞助。

果叶村拼布地图。
（社区提供）

就在我住的果叶村里，我见到了主持者葛菁菁白皙的皮肤、丰腴的身材，实在姣好的面容。菁菁一点不像"海口人"，相谈中我才得知她是果叶村媳妇。我以为菁菁来自台湾本岛，而且是都市，因为她实在长相好看。但随后知道，她就来自澎湖的马公。

初嫁到讲闽南话的果叶村人家，而且还和婆婆住一起，菁菁白天上班，回家后和婆婆一起做家事，多年来一直是个安静的媳妇。在进行申请信义房屋"社区一家"的浩大工程前，菁菁和村里的一些妇女，请老师教拼布。"我们大家不见得有什么特殊才艺，但最基本的针线一定都会，从这方面着手，比较不会有挫折感。"菁菁说。

找来到日本学过拼布的老师来教，拼布事实上要求的不只是耐心，还要技术。材料由老师准备，并不便宜，用的针也非普通的缝衣针，而是极细的绣花针。特殊的布料、细针，线拉紧方不会留下针眼。

为了引发兴趣，一开始缝制的是有实用价值的包包。除了照老师教的手法，有的人马上展现了这方面的才华，自己设想做出不同的花饰。经过大伙的讨论改进，还果真自成一格。看到这些细针密工才完成的美丽成品，我们几个在场的女生都爱不释手，恨不得能拥有一个手工包包。"非卖品哦！"菁菁说，"连女儿要借用一下，妈妈们都不肯呢！"

　　材料贵又耗工，这些手工作品要订出售价，价高怕卖不掉。聪明的菁菁想到另种"量产"的方法：以果叶村的日出图案来做较小的拼布，再缝在材料不贵的包包上，如此，又有果叶村的特色，价格也合宜可以量产。但靠此赚钱毕竟不是这些果叶村太太们的终极目标。而如人生的种种变化，"山不转路转"，开展了另个面向。

　　先是信义房屋的志工来澎湖参访，一行四十几人，希望有不同于观光客的行程。刘馨榕便问葛菁菁，可不可能利用做拼布的这群太太，为他们做些家常菜、风味餐。

一动员起来，还真是不可小看。同样的，拿针

线是女人的本事外，厨艺，当然也是最没有挫折感的。各家凑齐碗筷盘子，拿出拿手菜，这一餐饭吃得宾主尽欢，干净、地道澎湖特色，更赢得好评。大伙说："这顿饭是做面子的啦，开出的菜单，有澎湖最贵的当令海鲜，就算亏钱也无所谓。"但由于懂得到哪里买来价不贵又顶级的材料，充分发挥主妇能

力，其实并没亏钱，最重要的是培养了大伙共同做好一件事的信心。

接下来湖西乡要举行"花火节"，地点就选在果叶村临海的空地。乡长问要不要接花火节的餐食，准备给一千人吃，而且，还要将澎湖的特产"风菇"入菜。清凉退火的风菇，一直是我每餐在澎湖必喝的饮料。聪慧的菁菁将风菇炖鸡汤做成果冻、果汁，充分利用风菇的特性和风味。

果叶村拼布地图的推手葛菁菁。

顺利交差让这十几个太太松了一口气，赢得好评是附加价值，更值得一提的是，承接这些差事让这个团体"活"下来，还有了一点盈余，虽不多，但表示一群太太们钱用在刀口上，组织动员有方。把钱分了？算是鼓励？不！她们一致同意，拿来买必须有的锅碗器具，下回再接工作时，才无须每家每户去凑齐这些东西。

"社区一家"只给了十万块新台币，我看到的不只是一群社区太太做出一块她们居住的果叶村的地理行政区拼布。而这十万块新台币真正成为一把种子，撒在果叶村的土地上，开出了一朵又一朵美丽的花。

没有这十万块起头，葛菁菁不会与这群妈妈聚集在一起，也不会训练、开发她们的能力，并由工作展现了对自己的肯定，有机会能"走出来"。我在这里看到最少的投资、最大的报酬。她们拼出的，可是人生一幅美丽的远景地图。

阳光与希望的起点

为了让澎湖的民众能深入了解历史，也希望能借由不同的方式
来传承，一群在澎湖长大、在台湾念书后又回到这片土地工作
的年轻人，规划了"HI剧团"。这些澎湖民众生活剧场工作坊的
活动，希望让澎湖民众对在地文化及生活多一些了解，并且从表
演课程中渐渐有胆量表现自己。透过专业戏剧工作者的教学与启
发，融入社区总体理念与在地文史，将澎湖在地故事透过表演艺术
呈现，激荡新鲜有趣的创造力，活化既有的地方展演空间。

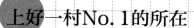

（社区提供）

上好一村No. 1的所在

可由台北松山、台中清泉岗机场、台南机场、嘉义水上、高雄小港等六个台湾岛内机场搭机
前往马公。或搭台华轮"高雄—马公"航线，航程时间约四小时；远翔公主号"高雄—马
公"航线、明日之星客轮"嘉义—马公"航线，航程约一个半小时。也可搭乘满天星客轮
"嘉义—马公"航线，或是天王星客轮"台南—马公"航线。此外，澎湖县政府公共车船处
理处也有公车往返机场与马公，约每隔半小时到一小时就有一个班次，并有
渡轮行驶西屿白沙线、湖西线、澎南线、尖山线，班次会配合班
机时间而有所调整，通常为一小时一班。

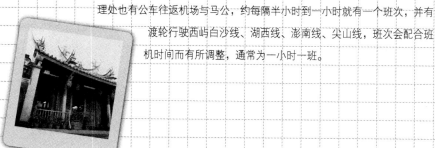

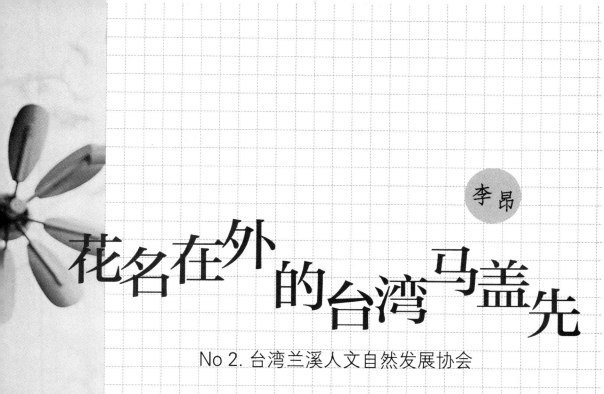

李昂

花名在外的台湾马盖先

No 2. 台湾兰溪人文自然发展协会

从"家"出发，
不仅欢迎朋友入内，还要打开心中无形的心门，
重新看待自己的家。

首页摄影／陈建维　内文摄影／陆大涌

在北台湾

，对关怀文化、知识的民众来说，如果要选一个社区，最早给人的印象是真有"社区"意味的，台北县的"花园新城"，无疑是首选。刚过世的文坛耆老柏杨先生便住过此，现在还住的有诗人管管夫妇、艺术家庄普等，更不用讲住过的作家、名人无数。

富人文气息，是花园新城扬名立万的原因，也因此，素质高的住户在建商要在"半月弯"砍树时，纷纷起而团结抗争。社区形成对自然生态环境的关怀，比如兰溪使用水的问题——社区用水并非自来水而是来自溪水，备受瞩目。论上报率与知名度，花园新城一直声名在外。

这个四十年的老社区，当然也经过风风雨雨。社区老旧，自然问题不断。尤其最近几年，持续进驻的住户，使得这个有一千多户的社区，住户高达三四千人。"这么多的住户才能有一个基础发展社区活动。"兰溪协会的理事长杨浴云说。的确，除了构成社区的地理条件，人，是社区的灵魂。而人，也是花园新城最大的瑰宝。

连续四年获得信义房屋"社区一家"赞助计划，对赞助计划的评选团队与花园新城都具有指标性的作用。上述花园新城丰富的人文条件，使得申请赞助的方向，着重于文化艺术层面。

2004年"打造我的艺术'家'，欢迎你来串'门'子"，让居民落实艺术进入生活，将自己的家美化。更借由此，鼓励居民在打造与观摩"家"之中，能彼此"串门子"，不再只是在社区公共空间碰面时打声招呼，而是能走入彼此的家分享。这个活动至今仍留下好几个彩绘的车库铁门，不管是美丽展翅的蝴蝶，或者将自己心爱的五只狗狗入画，都在社区注入一幅幅多彩的画面，使老旧的社区真能"蓬荜生辉"。

从"家"出发，不仅欢迎朋友入内，还要打开心中无形的心门，

除了构成社区的地理条件，

人，是社区的灵魂。

而人，也是花园新城最大的瑰宝。

重新看待自己的家。于是，从"门内"到"门外"，开展了第二年的计划：2005年"旧物新生，艺术圆梦"。邀请艺术家与建筑师，与居民一起从居民住家的实践，拓展到大楼与公共空间的公民美学。

2006年，社区更扎根从居民生活中寻找美学入门的开道，"兰溪学堂"开的课程除了让居民有所学习，要的还是要"让学堂成为居民分享彼此生活美学的场域，而实现梦想"，要"从故事中找到人的元素，给他们梦想舞台和邻居做生命美学的分享互动"。开的课比如"木工坊"，采师徒制，开创性地让学员学习使用各种可能创造发明，更可结合社区的力量。还有人远从八里来参加，后来干脆搬进来住，成为花园新城社区的一员。

收材料费，一套两百元，当然更多的经费是经由补助而来。教木工班的是有"鹅爸爸"之称的陈秋民，从英国学成回东吴大学任教，据称"什么都能修，除了小孩不修、老不修"，赢得"台湾马盖先"封号。

"兰溪小学堂"顾名思义是针对孩子，但重点是要开发孩子的想象力与对未来的梦想与期许，并非一般的"安亲班"。里长谢水树关心动物，成立"野生动物中途之家"，在他的家中不时可见暂被收养的白鼻心、蛇、穿山甲，还有好几只猫头鹰呢！

大概少有社区有这么丰沛的行动力吧！兰溪协会可以在2008年"花虫季文化节"为社区办一整个月的活动，从行动艺术到"石头茶席"，从"初古琴音"到"土星观测会""生态及文史步道导览"，各

（社区提供）

木工班的"鹅爸爸"陈秋民。（社区提供）

式各样的活动整整一个月不间断。

　　"社区博览会"的活动让成长团体及社团设摊展示，让居民自主学习，更有"开放空间会议"这种脑力激荡、开发梦想的活动，让住民及各团体、社团，共同来想象，勾勒更美好的幸福未来。会议中提出的一个原则——双脚法则，两种昆虫——蜜蜂或蝴蝶，是展现"梦想拼贴"的最佳过程。这是"社区一家"从 2004 到 2007 年接连四年的赞助，使社区活动和社区的人做了最好的结合。

"台湾牌鳄鱼先生"也在这里。每个社区的人都有一本故事，差别只在如何精彩以及精彩之处在哪里。

我从社区人群中看到自己。

社区工作不能当正职，但人的力量吸引我和更专业的人合作。

花园新城的园丁组长林南吉。（社区提供）

特别是，台湾最为外人称道的，除了山水美景、经贸建设、历史文物（当然这些都值得珍惜），就是"人"。

花园新城要为住在这个社区的人留下记录，更在"社区一家"的赞助下，由张念阳书写社区的特色人物，并结集出书《梦想力》。做过调查员、在电子公司工作的张念阳，为了寻找子女生长的好环境，跑了六十多个地方，而挑中花园新城。

张念阳择取书写的十二个住民中，特别要提及的，我个人以为是花园新城的园丁组长林南吉。到花园新城，不可能不看到他在社区四处走动工作的身影，除了他会徒手把爬出来的蛇抓到野地野放，爬上树摘蜂窝，他的样子也让人印象深刻：好一个从自然山林出来的布农人。

南吉在高雄县与台南县交界的三民乡部落长大，抚养他的是外籍的传教士夫妇，从小训练他布农猎人山林求生的能力。他精于弓箭与叉鱼，能辨识可食或有毒植物。这些技艺，使他在花园新城这样一个与外在林野息息相关的社区，得以充分发挥。居民因此称他："台湾牌鳄鱼先生。"

为了子女教育迁居台北的南吉，仍不能忘情的是布农文化的传承。十五岁那年，长老无意间发现他天生擅唱"八部合音"，是极少数被耆老认定具有这样天分的人，不但能说、能唱，还能教，可以让这珍贵的文化资产代代相传。

台湾现有三万多名布农族人，其中只有十位是传人。南吉对长老传授的历史典章制度、狩猎和农耕技术，特别是八部合音的技艺不敢或忘，也想借现代方法加以保留。

尝试用五线谱为基础，加上其他方法，南吉录唱，再由主修钢琴的台湾先住民（台湾先住民，台湾称为原住民，指汉人移居台湾前最早抵达台湾定居的族群。）谱曲。南吉更希望离开部落后，推广八部合音，在花园新城征得汉人父母同意，让汉人孩子加入，与自己孩子一起练习。如果有一天，在以艺术作为社区生活基调的花园新城，看到"布、汉八部合唱团"，我们一定会同意，艺术可以如此生根。

我发现从事社区工作的人，多半是四五十岁以上的人。年轻人多半正忙于工作、家庭，或者忙于寻找自己的人生方向，较少投入。我却难得地见到只有二十八岁的高至豪与三十四岁的毛乐民。

新人类用新手法来回馈社会，在号称"补教界罗宾汉"的高

至豪身上展现无疑。自己是补教高手，又想嘉惠学子大众，尤其是那些没钱参与补习的莘莘学子，高至豪与同伴合力架设初、高中数理家教免费网站。除了自己教学的影片，不多久，许多有家教经验的大学生、研究生、高中数理老师响应他们的想法，加入录制教学影片。至

豪曾因出生时医生的不当处置，造成右臂的伤害，为了复健，三岁开始学琴。考上台大物理研究所，至豪休学一年，打工玩音乐。他创作放在自己博客的歌曲，赢得全世界各地知音。

毛乐民，人称"五毛"，记不记得三轮车那首歌"要五毛给一块"？五毛给自己的人生，何止是要五毛给一块。五毛因家人搬到花园新城，一住29年，是十分具花园新城气质的孩子。刚过三十岁时，他是IBM的红人，接了个不可能的任务，成功争取到亚洲区当季最大订单。但任务达成之后，五毛选择离开。

为了学习更认识自己，五毛到科罗拉多州学习，拿到NLP（Neuro Linguistic Programming）的教练（coaching）资格，不仅有助自我发展，也使许多人更"乐活"。五毛用他所学的教练技巧，实际帮助花园新城社区的兰溪协会。协会成员正值发展陷入瓶颈，五毛经过十几次课程，带领大伙创造出营利和非营利组织的经营模式，激发出灵感，推出系列兰溪课程，为社区注入活水源头。

采访台北市的社区，不免要问，如得到信义房屋"社区一家"的经费挹注能做些什么。结果发现，花园新城着重开发社区内的人际关

2008年花虫季的舞台施工，大伙一起动手。（社区提供）

系，充分利用其特有的人力资源，的确将社区的特色发展得淋漓尽致。

　　诚如兰溪协会成员陈嘉佑所说："我从社区人群中看到自己。社区工作不能当正职，但人的力量吸引我和更专业的人合作。公部门在社造上做整体规划，有特定的方向，但有时与社区最迫切的需要有落差。'社区一家'从提案开始，便让我有思考的空间，成功地完成后更给我个人很大的鼓励、肯定，为实践梦想跨出了一大步。"

阳光与希望的起点

花园新城长久以来，一直以迷人的人文气息及优美的自然环境著称，居民在2004年春天，同心协力成立了一个文化组织，取名为"兰溪人文自然发展协会"。"兰溪"是社区的水源命脉，协会以兰溪为名，用意在于以在地的社区为出发点，带动文化在生活中一点一滴生根。花园新城的居民之中有许多艺术家、文字工作者、摄影家、舞者及音乐家，大家都很珍惜这宝贵的文化资源；基于这个理念，兰溪协会从成立开始，以艺术为媒介，规划不同层次的美学计划，让个人艺术的种子发芽并延伸到环境美学、生活美学甚至生命美学。居民齐心努力，结合社区内的艺术家，共同将社区内的旧垃圾场闲置空间重新打造成居民休憩、歇脚、聊天、聚会的美丽所在，并且结合户外公共空间、生活美学、环保意识，让花园新城这个美丽的山城，各个生活角落都有公共艺术的呈现。

上好一村No.2的所在

（社区提供）

【开车】北二高下新店交流道，由中兴路至北新路左转，再由北新路至新乌路右转，经新乌路约3·4公里，便可看到花园新城广告牌，寻址左转至花园新城社区。至社区后，从全家便利商店旁的桃李一路进入，走到底，即可看见兰溪协会的桃李馆。

【捷运→公车】捷运新店站出站后（北新路），往右走三至五分钟至文山中学站，搭公车绿三线，即可直达花园新城，至社区后，从全家便利商店旁的桃李一路进入，走到底，即可看见兰溪协会的桃李馆。

29

李昂

金针花还没开的时候

No 3. 花莲县赤柯山十三弯剧团

因为演戏，社区动了起来，
人与人的关系愈发紧密。

首页摄影／陈建维　内文摄影／陆大涌

不得不承认

行销包装的功用，享誉各界的"金针花祭"推出前，赤柯山的金针花一样盛开，但少有人知道这个海拔九百米高的小小山头。事实上，已经灿开成橙黄色花海的金针花，代表的是农民的血泪——只有当金针滞销，不再被需要时，才会留下来开花。

一年就只有这么一季，八月、九月，赤柯山的金针长成一枝枝长长的管状花苞。但，且慢，不能让它开了。还没有开的金针花采摘下来，才有食用的价值。我们吃到"金针排骨"这类菜时，金针花一定含苞未放。开了就不值钱了。

农民起早赶晚，早些年还带着油灯，采摘金针花。生怕一过时，金针花开，虽然美丽，但无从换取生活所需。一年来等的就是这么一季，花开一切成空。由于各种外部市场因素，价格便宜让金针会被留着开成花海，将金针花转型休闲观光产业，方带来新的商机。观光使看金针花、吃金针可行。要买无硫的金针，赤柯山是最好的选择之一。赤柯山有了另个春天。

而不免要问：过去，是谁，来到这个山头，就为这么每年一季的"金针花不开"。属于公有林班地的赤柯山，名称来自山林间长满的"赤柯木"，这有板根的高大树，以木质坚硬闻名，日本人在日本殖民时代砍伐作为枪托。如今，仅剩的赤柯木不多，被称为千年神木的一株赤柯木，兀自孤独地站立于高低起伏的金针花田间。所幸，旁边还有巨石相伴，这形似乌龟的巨石，便与千年神木，相互依偎。看尽的

十三弯剧团的创始人潘素燕（燕子）。

岂只是赤柯山的沧桑。

　　日本人采完可制成枪托的赤柯木，仍败战离去。国民党政府来台后，将赤柯山列为公有，开放租地造林，吸引了"新移民"：他们在台湾尚贫穷的四五十年代由西岸翻山越岭来此，先是种茶，之后引进金针栽培，成功转型成为栽种金针为经济作物的农人。直到本土金针滞销。

　　如是，五十年过去，如今山上仍有六十二户人家，约两百人，包含闽南、客家、阿美、平埔人。早先来的闽南移民先占近山路的好地，愈晚来的阿美人只有向更深的山内垦殖。这些"新移民"真的是筚路蓝缕以启山林，当然也有许多故事流传。

　　故事从一条小路开始。总有那样的孩子，生在赤柯山，从小睁着一双好奇的眼睛，四下探寻。称"燕子"的潘素燕，

演出自己的故事
因而也成为一种情绪的宣泄与心灵的医疗，
每人说自己故事，上台都能有模有样。

无疑也是其一。她最先想追究的是"新移民"时期，大伙为节省时间，从平地截弯取直爬上山的那条可达赤柯山的蜿蜒小路。道路开后车辆通行，这条小路荒废不再使用。

小路不是什么知名历史"古道"，但命运相同地埋葬在荒烟蔓草中。"燕子"带着使用过这条小路的赤柯山老住民同行，披荆斩棘重寻一段旧路。大伙更靠着回忆数一数，啊！小路有十三个弯道。"就把小路命名为十三弯吧！"

当要成立赤柯山剧团时，不免就顺理成章地叫"十三弯剧团"。叫"燕子"的女子，原在小贸易公司当助理，一直觉得飘浮在台北的空中格格不入，想回赤柯山又无从回来。直到"金针花祭"转型休闲农业，姊姊、姊夫在山上经营"加蜜园"餐厅与民宿，燕子才找到回家帮忙的理由。

一向爱好文史工作，燕子就曾参与文建会的社区总体营造培训"营造员"的课程训练，而有了基本的社区概念。想追寻赤柯山的一页"新移民"故事，山与人的生命史，燕子伙同住民，成立了"十三弯剧团"。

大伙都没想过，他们事实上做了一件了不起的事。即使台湾小剧场盛行一时，还不见一个"农民剧场"存活下来，一直还在演出。信义房屋的"社区一家"的经费挹注，无疑具关键性的意义。

要农民放下锄头来演戏，一开始实在不容易。虽然有少少的演出经费补助，只能说是个诱因，重要的是，农民们发现了当中的乐趣。请来老师训练肢体动作，要做暖身，一天到晚在劳动的农民，大概脸上三条线："有必要吗？什么跟什么嘛！"但借着像"抓鬼"这类的游戏训练，朴实的农民从中找到童稚的乐趣。过往童小时为生计所逼，不曾真正享有的童年，如今在游戏中重现。于是，像游戏一样，农民们放下锄头，发现了舞台上的"游戏"。

一上台手足无措，话都讲不出来。接下来跟对手讲话，不敢看人，眼睛乱飘，手不知放那里。然后慢慢进入状态。嗯！只要学会手脚怎么摆、怎么讲话，实在不难嘛！尤其台上说的"台词"，都是熟悉的山上的故事。

一起来创作啰！

将过往累积的生活点滴演出来，就是最好的材料。于是，有人想到要演出这样过去生活的片断：两人抬一只肥猪要下山去卖，路上不小心摔了一跤，没问"阿兄怎么样了"，先问的是"猪有没有摔到？"摔伤了猪得立刻杀，否则死掉就出大问题了。摔死了猪？哭到没眼泪。至于摔到人？有什么关系，会好起来的。

或者，台风天，先是屋顶四处漏水，拿东西接水接不完，只好桌上、身上盖着雨衣。这，还不够糟，强风一来，把屋顶都吹跑了。带

（社區提供）

（社区提供）

着一家大小赶快到邻居家避风雨，哪知走在半路上，碰到邻居一家人。原来他们的屋顶也被风吹跑了，也正想到隔邻避雨。无处可去的两家人，在山区的强风劲雨中，四顾茫茫。

当然，"新移民"早期的生活也不见得只有悲惨。孩子们还是可以玩"抓鬼""跳橡皮筋"。戏里更可以排演一场婚礼，便有一个"媒人婆"这样的角色满场飞舞，引发台下观众笑声。

要农妇放下锄头

与锅铲，更不容易些。舞台上的演出，三八三八的，会不会被笑？过去，良家妇女是不时兴当"戏子"的。可是，时代不同了，演戏不是什么见不得人的事，但家里的孩子，尤其是丈夫，会不会嫌，一天到晚见不到人影？

何姿仪便说，老公是传统农民，笑她"演什么戏？不见笑，谁要看"，认为演戏是出去骚，演到夫妻快离婚。还好之后都在正正当当的场所演出，"十三弯剧团"上了电视被介绍，上电视耶！有点红，老公才不再说话。

成员因为个人、工作、家庭因素不能持续演出，时有所闻。燕子伙同大家克服了这个难题。"我们家就有兄弟姊妹加姊夫四人，有这些基本团员做基础，再找人压力就没那么大。"她开怀地说。没有写下的完整剧本，每人从说自己故事即兴演出，少了哪个人，问题不大。

深令我吃惊的是，剧团里带批判色彩并敢于说出自己意见的，居

然是个女人，林秀桃，剧团的艺名是"凤姐"。凤姐提出林务局对他们种种不合理的对待（都不曾成为戏的题材，我个人以为，是怕问题太敏感）。"我们演出我们有多可怜，"凤姐说，"我们比细姨（小老婆）还可怜，'九二一'地震人人看得哭，我们受风灾水灾都要自己承担，没人问一句。"

演出自己的故事

因而也成为一种情绪的宣泄与心灵的医疗。团员们都记得在中原大学演出的那一场，大伙演到入戏抱在一起哭。演员们从手足无措，到上台只要不出糗就好，对白能大致说出来才不会让接话的人演不下去，或者，演对手戏的忘词，只好随机应变找新台词接。没有完整剧本的即兴演出，但，每人说自己故事，上台都能有模有样。而且，还排练到熟练，演出多次后，不再时间到了才匆忙上场只应付台词。而是演出前蹲在后台角落，静下心来进入状态："要专业一点。"

甘苦谈当然也不少。演媒人婆的阿琴为表示"高贵"，得穿毛皮大衣，有一回五六月天演出。她说："外面大太阳，里面在下雨。"汗流得像下雨，可是仍继续演完那场。有一回紧张，忘了穿鞋就上台。有一场在台上吃饭的，原来只是做做样子，后来觉得不逼真，便拿真正的食物上台吃。结果没经验，又要吃又要讲话，噎到了，差一点噎死。

　　演出当然也带来极大的乐趣，有时开车、骑车在赤柯山的山路上相会，不约而同地互相用戏里的台词调侃一下，对上了，彼此心领神会，会心大笑。因为演戏，社区动了起来，人与人的关系愈发紧密。

　　由于信义房屋"社区一家"第一年的赞助，十三弯剧团扩展了演出的地区，不只在赤柯山附近，更走出社区，开始在花东县境内玉里艺文中心、台东剧团、台东铁道艺术村、花莲市松园别馆演出。还远赴台北的国际会议中心观摩表演。服装道具装在黑色垃圾袋、肥料袋、揉茶布袋中，坐火车上台北。真是非常"农民剧团"呢！演出的剧目有舞蹈表现的"流动"，小朋友演出的"赤柯木的森林"。小朋友扮赤柯木、山猪、猫头鹰、莫氏树蛙、斯文豪氏赤蛙、台湾猕猴、老鹰等，等于也给孩子们上了一堂最好的生态课，教育他们赤柯山自然界的种种。

压轴的是 "记忆流过十三弯"，一页赤柯山的生命史，

并且拍摄成了《记忆流过十三弯》纪录片，展现一群人演出自己的故事，整个社区动了起来，展现了赤柯山社群的生命传承和人的事。十三弯剧团不只在台湾演出，也应邀到香港；正逢"金针花节"，女团员正忙，只有四个男生加上一个女生（燕子）赴港，外界对这样一个居然存在多年的"农民剧团"，给予注目与好评。"团长"李俊东长发，真像偷渡客，通关时被叫到一旁特别检查。要喝酒又怕贵，先进去一次探行情，结账发现不太贵，外面溜达一下

才第二次又回来。算是开足了眼界。

下了戏李俊东是个帅哥，家里种有机无农药火龙果，被我们称作"产销班王子"，太太"秋足"卢秋足，台上扮新娘十分美丽，他们家开民宿，早餐真是好吃。

演"阿兄"的巫智明，因为演得太像了，团员们都称他"阿兄"。有一次"阿兄"喝了点酒，排练时有点小冲突，有人便说："我不演了。"其实多一人少一人无太大差别，随机应变调整内容，照常演出。"阿兄"身兼数职，种金针种茶，还去帮忙割槟榔。

男扮女装演"阿花"的潘哲雄，是燕子的大哥，靠山上的收入不够生活，曾在晚上到"红叶温泉"附近的便利商店工作。潘哲雄富有艺术的敏锐性，我不免想到，如果有好的环境，说不定也是个出色的艺术工作者。他说他从便利商店这份服务业的工作中，学习面对各行各业的客人。事实上，他已经进入"观察"生活中的人，作为演出的滋养与训练的境界。潘哲雄也提出来，演到目前，他们要再进步，需要专业的老师带领。也才能继续有演出的热忱，否则自己的故事有一天总会演完，接下来呢？

我当然期许十三弯剧团开展另一个面向。但老实说，我却害怕肯来如此偏远山上带领的老师，一个不小心，把电视台那一套搞笑带来这朴实的农民剧团。只有期待像信义房屋"社区一家"这类的实质帮助，或能带来足够的资源挹注，让这个"农民剧团"走出一条平坦宽广的路！

阳光与希望的起点

十三弯剧团于2003年12月27日首演，得到社区居民热情回应。欲罢不能之下，申请了信义房屋提供的赞助，筹划前往花东两县进行四场巡回演出，而在2005年采春茶前，完成巡回演出工作。巡回第一场，选在赤柯山山下的高寮社区。观众回响热烈，笑声不断，还有许多乡亲提供台词、服装方面的意见。接下来两场在台东剧场、铁道艺术村演出，演员第一次看到专业的剧场规模，难免紧张，纷纷找自己觉得可以安静的角落练习及背台词。2006年起，更前往学校演出，与孩子互动，以戏剧介绍乡土文化。2007年，更前往香港参加 IDEA 国际戏剧／剧场与教育联盟年会演出，坚持走在不断与外界互动、学习新知的道路上。

上好一村No.3的所在

可由台九线南下287公里处左转，由往"赤柯山""高寮"方向进入，然后循金针花造型路灯前行，行经高寮大桥（跨过秀姑峦溪）、穿过一九三县道和高寮部落，看见左边出现凉亭后直上赤柯山产业道路，约三四十分钟后可抵达十三弯剧团联络处加蜜园。或由台九线北上295.5公里处右转，接一九三公路（往花莲方向），循指标前进，遇到中油的赤柯山加油站后之红绿灯右转前往高寮部落，遇左手边出现凉亭后直上赤柯山，约三四十分钟后可抵达十三弯剧团联络处加蜜园。或搭火车至玉里站下车，再转乘接驳车上山（自费、需预约）。

就来唱歌吧!

李昂

No 4. 台东县卑南乡创作歌手巴奈库穗

那些歌还在，还在传唱，
也许只是星星火花，但，没错，歌声仍在传唱!

（社区提供）

首页摄影/陈建维　内文摄影/陆大涌

身为先住民创作歌手，巴奈库穗先用歌声掳获了不少人美好的记忆："那样只有先住民能有的嗓子与声音！色调浓郁，苍凉而传奇。听来有一种熟悉的感觉，疏离与寂寞，久藏心底。"

　　卑南与阿美族的父母，孕育了巴奈的歌声。可是，这最拿手的才华，不能换取生活。1993年高中肄业，巴奈到大都市，唱歌，也被"发现"——唱片公司签了两次共六年的合约，可是不知道如何"经营"她，没出过一张唱片。

　　1995年巴奈为自己写下这样的歌：

　　"巴奈流浪记"

　　我就这样告别山下的家
　　我实在不想轻易让眼泪留下
　　我以为我并不差不会害怕
　　我就这样自己照顾自己长大
　　我不想因为现实把头低下
　　……

　　如果有一天我变得更复杂
　　还能不能唱出歌声里的那幅画

2000 年，背着"先住民创作歌手"声誉，巴奈终于出了她的第一张专辑。她的挣扎、抗议与梦想赢得好评，可是巴奈自己知道："这个时代注定了我心中的某一个部分要不停地流浪，不停地流浪。"

在"原舞者"待了多年，也跟着去各个国家表演，到欧洲、美洲，三四十天的旅行表演，也见过了世界。然后巴奈选择回到自己童年居住过三年的"初鹿卑南部落"。以为是停止流浪，不再流浪，却只是发现在自己的部落里的另一种流浪。

巴奈不会说卑南族的语言，也不会阿美族语。卑南族父亲开卡车为生，带巴奈在台南讨生活，阿美族的母亲有自己的打算。巴奈的"母语"是闽南话，然后学校强制说"国语"。她说："父母没有教会我母语，在他们的时代说山地话或有山地腔是卑微的。学校老师说我是中国人……"混杂的认同、混杂的文化。"早在我出生前便注定了成为一个离开生命源头的人，我注定失去孕育我的母体文化，已经几乎被汉文化及外来文化取代。"回到初鹿部落的巴奈，不会说卑南母语，也不会说族里通行的日语。日本殖民时期日本人的殖民教育，使日语成为各部落通行的语言。

巴奈还要面对另一种困境：初鹿部落已非童年

先住民创作歌手巴奈库穗，在马路音乐会忘情演唱。（巴奈提供）

巴奈带领的歌声充满原始祭典的肃穆，
尤其在部落的夜空下，
呼应着天地自然，苍凉中令人听之动容。

居住过三年的景象，钢筋水泥的房子盖起来了，家家户户不再敞开大门相互走动，细说日常生活种种，相互扶持。台九线的繁忙车流量，天空不再能看到星星，初鹿部落和都市里的隔阂与疏离没有太大差别，让她有连"家"都无处可回的感觉。

巴奈说她一直

有一个不知从哪来的想象：卑南族人过去是可以站在屋顶上唱歌的。当族里的勇士们出草或带着猎物回返，女人站在屋顶的高处唱歌，欢迎他们回来。她一直想当个"站在屋顶上的歌手"。当然这已是不再可能达成的梦想。可是，歌还是要继续唱下去，不管是否站在屋顶高处。巴奈对少再有歌声的初鹿，感到责任在肩，想要尽一点即便是最微薄的心力。

然而身为一个创作歌手，基本上是个艺术家，巴奈原不是经营社区工作的那类工作者。没门路，公部门、政府机构也不会给这样的个人艺术家资源，来做社区工作。信义房屋的"社区一家"例外。巴奈写了一份并不十分完整，当然按公部门要求也并非十分合格的企划书，这也是她生平的第一份企划书。靠的是对部落、对先住民文化与传承不灭的热情与一颗心，巴奈得到了"社区一家"的赞助。

巴奈规划从"传承"与"开创"两方面同时着手：让老人留下歌声，采谱，用现代的录音方式做成CD，保留下来不至断绝。教孩子唱这些歌，于活动中学习，让传统文化与伦理内化在孩子们的心里，方能传承。办一场"马路音乐会"，让大家一起唱歌，歌声重回初鹿部落。

2006 年，于三月 muhamut（除草祭），由儿童组、少女组、青年组、ina（妈妈组）、im（奶奶组）齐唱的马路音乐会盛大举行。"除草祭"本是由女性组成，在工作完毕后举办的一种祭典，由女性主唱。巴奈在她的计划书里便有这样的雄心："带动卑南族人一起来思索传统文化的女性与现代女性的不同。"

卑南传统是母系社会，多年汉化后女人不再是守护部落与家族的支柱，巴奈显然有心鼓舞卑南女性。音乐会本来想拦下一小段马路举行，但申请不获准，改在部落的路上举行。当晚微雨，不曾熄灭大家的热情。巴奈带领的歌声充满原始祭典的肃穆，尤其在部落的夜空下，呼应着天地自然，苍凉中令人听之动容。

巴奈用她在民歌界的关系，也邀请来歌手，唱卑南歌曲，于是，像"美丽的稻穗"台上台下齐唱，十分感人。而有位歌手，除了卑南歌曲，另一首是歌舞剧"猫"的主题曲。现代、跨国界果真无处不在，即便在这偏远的台东初鹿部落。这些，都有赖信义房屋"社区一家"的资助才得以保留下来。

2008 年，当巴奈带着我到初鹿部落

巴奈的族人在马路音乐会中合唱。（巴奈提供）

时，我不得不伤感地说："部落留下来的，也只有老人和孩子。"年轻人要么外出讨生活，要么正在工作。夏日午后十分炎热的水泥地，热气袭人（巴奈小时候的土路呢？），干净整齐的一幢幢"家"，隔离开一个个在家的老人，所幸孩子们还四处跑跳。

如今巴奈不住在这里，这个童年住过三年父亲的部落的女生，反而回到都兰，在都兰糖厂旁的阿美族部落，巴奈母亲的部族，住了下来。这个来自传统母系社会的卑南女人，血液里仍流着一股强劲的耐力。如今她独力抚养一个八岁的女儿，是为家族的支柱。共同生活的还有"巴奈的男人"那布。那布是布农人，有十分敏锐的见解与丰沛的知识。然他们之间，她仍是那个强势者。

初鹿部落不再是巴奈回忆中的泥土街道，种满夜来香，公有空间广大，大家在街上闲聚聊天。今天，部落前台九线轰轰的车辆不断，二三十米就有两家便利商店。"当部落失掉它原来的面貌，就不能再称部落，它事实上形同一个村庄，和'村'没有什么两样。"深具批判精神的那布指出。

部落不仅在改变，还在凋零。离那场

马路音乐会不过三年，巴奈带着我们重回初鹿部落，当年唱歌的两位 imu（祖母）中风卧床，只剩下零落的片断歌声。而且，这两位七十岁上下的 imu，开口要唱歌，立即来到她们心口的，唱的多半是日本歌。据那布说，这些日本

（巴奈提供）

（巴奈提供）

部落文化的流失，
比海水淹上来的速度更快。

歌流行在台湾的部落里，但在日本本国，少有人唱这些歌。可是当巴奈一提及并开始唱族里的歌，imu 也熟悉不过地唱起来。对 20 世纪 30 年代出生的 imu，强大的日本殖民文化，已在她们身上留下不变的印记。已折伤一次的，哪堪再次流失？

倒是孩子们虽然羞怯，但当巴奈问他们记不记得演唱会、唱歌时，都点点头。他们也许不会记得所有的歌，但只要至少记得一首，甚至一个旋律，都是将来召唤他们回到部落的联系。

我十分惊奇地发现，imu 有一个菲佣在照顾。同样是南岛民族，那菲佣在外表上，至少可以融入部落吧！我不知怎地有种奇特的心动：啊！这么多年来，被国家、区域、距离隔离的南岛民族，如今以这样奇特的方式重聚。

"部落文化的流失，比海水淹上来的速度更快。做这些活动要用抢救的态度。"巴奈说。她对无法融入童小时居住过的部落，仍耿耿于怀。

可是，那布有不同的看法："我很喜欢巴奈回到初鹿部落的样子，她还可以和孩子打招呼，这些孩子多半参加当年她带领的活动。她可以带着我们从人家的家穿过，因为跟他们熟，让我们觉得很亲切。而且，她还有妈妈的朋友可以探访。"巴奈有那布这样相知相惜的伙伴，的确是最好的鼓励。

离开花东的早上，那布送我到火车站。我们谈先住民种种，我尤其对"部落的失去"深表惋惜。却是冷不防，那布问我："你期待部落是怎样的？竹编的屋子、茅草屋顶，小孩没穿裤子在街上乱跑？"

"我不敢这样想，这样的刻板印象早不存在。可是我也不以为部落该是现在这种和其他地方没两样的钢筋水泥建筑。"我思索了一下："老实说，我不知道部落今天应该是怎样的面貌。"

"没有政府的补助，丰年祭还要办吗？"讨论过程那

布更尖锐地问。没错，当像丰年祭这样的祭典失去了与部落文化、生活结合的力量，而可能只成为一种形式时，没有了政府的补助，谁还要继续办下去？而巴奈与那布希望的部落文化，能结合节庆成生活的一部分，会不会只是愈来愈远去的梦想？

今年祭典期间本是合法的狩猎期，一群先住民上山狩猎，被森林警察追赶，而先住民朋友们居然本能地赶快逃跑。"长期的被污辱、屈辱，没有人会保护你、帮你。本来合法的一件事，居然本能地也害怕，不敢做。"回过神来，先住民开始有了这样的反省。他们想要有所行动，凝结了部落的人，放狼烟，纠集3月8日上台北火车站抗议。"带便当打仗"是他们的形容。

"讯息"（massage）这样的乐团便在巴奈的鼓吹下成立了。他们每星期四固定的排练，集体创作，用布农、排湾语唱自己的歌，得到三十万新台币补助可以做下一张专辑。

有一阵子下了一整个星期的雨，四处湿答答的很讨厌，这样的歌

便顺理成章地创作了出来：

下雨天，全身湿透，

喝什么？心里很干口很渴。

回台北后，部落的一切仍在午夜梦回里出现。尽管对现在的部落失望，尽管马路音乐会已过，当时的火花因为不曾有后续的资源挹注，不曾继续成为社区生活的一部分。但我仍然被巴奈与"社区一家"曾做过的努力深自感动着。

那个炎热的下午，在初鹿部落，当中风的老 imu 躺在床上，大人工作而连孩子都不在身旁，身边只有一台小小的录放音机，播放着歌曲陪伴这中风老人的漫漫长日。录音机是当年的奖品，是巴奈为鼓励族人唱歌，从信义房屋的"社区一家"给的经费里，省下来购买的奖品。imu 的妹妹得奖，要让躺在床上中风的姊姊至少可以听听歌，听听自己当年还能唱时的歌声，将这录音机转送给她。

Imu 放当年她自己唱的歌给我们听时，不断地说："现在没法唱了。"说着，说着，看来乐天知命的老人，红了眼眶。而我听到的不只 imu 的歌声。之后一直回唱在我耳际的，还有当年一个满怀热忱的女子，回到部落，办种种歌唱活动，希望留下部族的歌声。那些歌还在，还在传唱，也许只是星星火花，但，没错，歌声仍在传唱！

阳光与希望的起点

卑南族的总人口约有一万多人，目前居住在台东的就有八千人。从前的卑南族女性，因为婚姻关系以夫入妻家（进入婚、从母居之意）为主，祭祀权也是母系嫡长系。所以，卑南族的女性是守护整个部落或家族生存最主要的力量，除了照顾家中老小、田间农忙耕种（最主要是小米），更有维持部落秩序及心灵依托的祭司团任务。然而，这种维系文化传统的伦理，在社会结构的变迁影响之下，女性常常只能躲在男人背后、退缩到厨房，一生都在现实的社会期待与文化自我实现的两头摆荡。巴奈库穗提出的计划，是采录传统卑南族女性的歌谣，从出生一直到死亡，录下一个女人一生喜、怒、哀、乐的声音。这些几乎消失的声音，代表的不只是音乐学上的民族音乐，更是卑南族女性用歌谣描绘的生命史。

上好一村No.4的所在

初鹿村位于花东纵谷南端，距离台东市区约二十分钟车程。自行驾车前往的话，可从台东市由台九线至初鹿。如果利用大众运输工具，可由台东市搭客运车前往富里、池上、花莲方向，在初鹿下车。

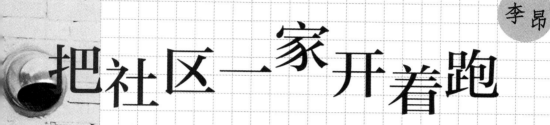

李 昂

把社区一家开着跑

No 5. 花莲县寿丰乡牛犁社区

我看到了不同意识形态相互撕裂的台湾，
也可以放下对立，
寻求一条共生之路。

首页摄影／陈建维　内文摄影／陆大涌

在采访

信义房屋的"社区一家"计划中，我亲身感受到许多动人的片刻，但在花东的"牛犁社区"，我却经历了一次小小的震撼。那是当我看到两部车的车门上就印有信义房屋"社区一家"赞助的字样时。"社区一家"也赞助车子？这的确是我在社区工作中少见的。

我见过一些官方单位支持的社区工作，虽有一套号称"完整"的核销方式，可是事实上，只使得钱更难花在刀口上，因为每个社区最最需要的东西不尽相同。而要报掉这类开销，通常有困难。官方单位有核销的方式，这我无意批评，但当我知道信义房屋拿出一亿来做社区工作时，我着实心中暗念："不要重蹈那样因'报账''发票'而导致的绩效不彰。"

所以当我看到牛犁社区这两部因"社区一家"计划得以购买来使用的车子时，我不禁大笑出声："真好。"真好，表示这一定是因为赞助者与社区间有足够的互信基础，赞助者不怕社区胡乱报账，用在不该用的地方，或者"图利"什么；而社区工作者也自爱自重。

于是，少掉繁文缛节的报账手续（我们都知道有不少时候是"买"发票来报掉开销的），而钱真的用在最该用的地方。当然可以租，但社区工作通常细而烦琐，如何支付经常性的昂贵车租，想想就知道有困难。何况这一部箱型车、一部发财车，买来才三十五万新台币。

接下来更要发现这两部车子的许多功能。我到牛犁社区时，那天正好社区接四五十个来参访、观摩的团体、个人，午餐时候，如果没

"社区一家"计划赞助的
车子。（社区提供）

这两部车送餐送碗盘瓢盆，还真不知如何是好。

没有这两部车子，牛犁社区的许多社区工作，就无法如此顺利、周全地进行。比如社区马路有小小坑洞，造成行路不便，要公家单位修补，效果缓慢。其实很多"工程"，只是少量水泥、沙石，一下便可完工。

村长伯也很乐意做这样的事，但工具不足。有一回为补一个小坑洞，里长伯用车子轮胎想压平水泥、沙石，但却发现凹凸不齐。牛犁社区有一部小压路机，但却无车可载到需要的地点，有了信义房屋补助的发财车，啊！迎刃而解。这两部车子从小到大，真是功劳不小。

而"车子"同时是我见到"牛犁社区"的两位主事者的第一个印象。花东铁路，在近花莲赞助者与社区间有足够的互信基础，社区工作者也自爱自重。
于是，少掉繁文缛节的报账手续，
钱真的用在最该用的地方。

的寿丰站下车，"牛犁社区协会"工作者杨钧弼与游雅帆夫妇，开一
部十分老旧的车子来，中年夫妻晒黑的皮肤上漾出诚挚的笑容。

因为有邻近的"台湾观光学院""东华大学"，寿丰站成为转接点，
才较为外地人所知。而也因为"牛犁社区协会"，沉寂了近三十年的
"丰田"地区，才重新吸引众人的目光。

啊！才知道原来始自1913年，日本人即来此开村，当成日本人
的"移民村"。丰饶的田畴、森林，使得这片介于海岸山脉与中央山

雅帆（后排左）与牛犁社区的妈妈们以拿手风味餐宴请李昂（前排中）。

脉，有山有水的平坦良地，成为"丰田村"，包含丰山、丰里、丰坪
等地。

还不需要沧海桑田，只消"二战"日本战败撤离，来自新竹苗栗
的客家人即来此垦殖，现仍占六成的人口，闽南人约占两成。而很快
地，1960 年代丰田玉的开采，带来新一波的繁华。也很快地，玉矿被
滥采尽，丰田再度没落。

不曾消失的 是日本人当初建移民村时，整齐划
一的旗盘街道规划。原日本神社
（现碧莲寺）的鸟居、开村纪念碑、石灯石狗、不动明王、祭典钟仍
在。而原警察厅舍，在牛犁社区的努力下，成为幽雅的"寿丰乡文史
馆"。一段殖民历史仍有迹可察，对台湾近代史建构，"眼见为凭"十
分珍贵。

便是在这样一个充满历史记忆的地方，牛犁社区最早的源起，是
1996 年由吴凤娜、张百合与游雅帆三位社区妈妈，将先生、孩子一起
拉来办活动开始。

当时主要是太太们筹划，接下来先生们加入，逐步形成核心的四
个家庭：徐永光、凤娜、钟国祥、百合，加上永远的总干事杨钧弼、
雅帆，还有永光的弟弟永明、秀兰夫妇。

钧弼出身军人家庭，雅帆则从小生长在高雄左营。初搬到丰田，
老大放学回家总被同学丢石头。两人至今都还租房子住，世俗定义上

经济情况不佳，我也才了解他们何以开那么老旧的车子。但他们以着自己的理想，养大了儿女，深具社区关怀。但要得到政府部门颁发的社造荣誉奖项后，邻居才"真心"肯定，这样的生活，也有其意义。"否则哪会得到那么高的荣誉"，这对夫妻如此解释。

牛犁社区有三不政策：绝不在组织内谈政治，不谈宗教，更不谈私利。所以当我问起钧弼对"花东高速公路"（或什么"那条路"）的建立有何意见时，他谨慎地表示：他个人有其立场，但不会站出来代表牛犁社区支持或反对。

"社区总体营造"

在台湾已近十年的历史，从中鼓励了社区的关怀与结合，也做出不少成绩，基本上培养了社区生命共同体的概念。但是，资源的分配总不可能面面俱到，也造成了社区的问题。信义房屋的"社区一家"，部分补足了这个难解的问题，让有些"没能力""没机会"，不懂得向公部门申请的个人、团体，多了一重管道。

也就是这样"深入"的观念，使得像"天送伯"这样的一个老农民，也可以在信义房屋与牛犁社区的共同努力下，成立了"天送伯社区文物馆"。要看"社区文物馆"，要有融入地方风土民情之心，而不是像看大都会的博物馆，要看"大""奇"，没见过的。

天送伯当了一辈子的农人，忧心后继无人，更忧心他多年收集的

从无到有——"天送文物馆"

信义房屋"社区一家"达成了这"不可能的任务"，牛犁结合社区的劳动力，以最省钱的方式，建造了主钢骨架高五米，有十九扇窗户可自然采光的敞大空间。〔社区提供〕

原貌拆除中

灌水泥

搭设钢架

外装潢

内装潢

内部摆设

民众参观

落成后的外观

住家协助搭建的绿色隧道，成功让沙石车改道。

地方文物，缺乏照料，有的就快毁坏了。得到他的同意，牛犁社区先是用他不到十坪的工具间，营造成一个小型的文物馆。附近居民看到这样的结果，也热情地捐出自家文物给文物馆。

但，多到没地方放。天送伯说，他已是七八十岁的老人家，愿意提供后院旧猪寮，加盖一个大点的文物馆。老人家的想法单纯，但政府部门不可能给这样的经费做这样的事。

信义房屋"社区一家"却达成了这"不可能的任务"，牛犁社区结合社区的劳动力，以最省钱的方式，建造了主钢骨架高五米，有十九扇窗户可自然采光的敞大空间。还美化了周边的景观，小小院子绿意盎然。

如果你到丰田社区，看到一个乡下老人，打赤脚，为参访的人解说，还爱叼根烟讲得兴致高昂，他，就是"天送伯"。就跟他走一趟天送文物馆，你会看到熟悉的旧日农田各式农具、以往的厨房用具、家里的摆设。好一个旧日的生活形态，跃然眼前。

而年轻人或小朋友，不曾经历过那个时代与生活，还会发现，天送文物馆事实上不输大都会的博物馆。因为在这里，你同样看到"新""奇"，你没见过的东西。

丰田三村

因为台十一丙通过，将社区从中横切。花莲溪旁的砂石场砂石车，走捷径，运输的路线就会经过丰田社区。大型的砂石车带来漫天飞扬的尘土，川流不息的轰隆轰隆车声，不但污染而且具高危险。

想想孩子们玩耍的社区小路，阿公阿婆串门子的地方，被砂石车横行的马路切断，居民往来多不方便。如何不让砂石车在社区里横行呢？

牛犁社区想出了一个巧妙的方法。但首先要与道路两旁的十三户住家沟通，得到同意。如果能建一条"绿色隧道"，让绿荫遮天，砂石车就算要通过，也会怕枝枝叶叶纠缠，至少放缓速度吧！

绿色隧道不外种树。牛犁社区多年来一直找寻各种资源在社区种树，种树也是公认遏止地球暖化的最佳途径之一。但树长得慢，要绿树成荫可成隧道，更旷日费时。那么，搭个棚架，上面种爬藤类植物如何呢？好主意，但要搭棚却不是容易的事，因为政府不许在马路旁公有地上搭这类东西。棚架的支柱必须立足在两旁私有地上。

找来十三户人家沟通，大伙都受不了砂石车横行，表示同意。经费呢？没错，得到"社区一家"的挹注。信义房屋的赞助方使这类方

（社区提供）

案可行，官方如果同意这样的方案，嗯！恐怕会有诸多考虑吧！

棚搭起来，种上大叶邓伯花，满开着美丽的大朵紫花；也种像百香果这类可以爬藤又结果的"果树"，花朵争艳。于是，蝴蝶来了，各种昆虫回来成家。砂石车过这个"隧道"，果真得减速，而载重量大的砂石车，减速是最不愿意的，也就只好改道啰！

不再能畅行无阻，公部门也考虑应变方案，规划沿河替代道路。绿色隧道更成为社区优良景观，吸引游客参访，孩子、老人也有了嬉戏互动的空间。

抗争有时无法得到改善，但软性的诉求，如果具有巧思，好点子又得到支持，谁说不能创造双赢的局面！正是这个例子使我来写这一系列"社区一家"的文章，因为，我看到了不同意识形态相互撕裂的台湾，也可以放下对立，寻求一条共生之路。

当说到夜鹰时

，我心中立刻想到的是那无数诗歌中传唱一时的"夜莺"。不，是"夜鹰"。朋友说："老鹰的鹰。""哦！我知道。"我鸡婆地说："我见过，我们小时候叫'暗光鸟'的那种成鸟，一只有一尺多高。小朋友时不爱睡觉偷看小说，会被骂作'暗光鸟'。"

然后，均弼与雅帆告诉我："不是'暗光鸟'，是台湾夜鹰。"有这样一种神奇的鸟类？我的心头猛地揪了一下。

参访牛犁社区时，钧弼与雅帆带我去看台湾夜鹰，可是我却不想在此透露它们在何处及种种讯息。只能说那夜鹰是一种双手合抱大小的鸟，一点不似"鹰"的张扬，而且没攻击性。

就像在山里发现宝贵的台湾植物，比如一株千年神木，山友也不欲告之。因为，告之的结果就是引来盗伐，或者一堆观光客，毁掉宝贵的生态平衡。

能说的是，由于农田配合休耕，休耕的农田种植绿肥"虎爪豆"，虎爪豆绿荫覆盖，使得田地阴湿，滋生出蛞蝓科生物蜗牛，蜗牛吃虎爪豆，田里成了它们的乐园。

而萤火虫最爱的食物便是蛞蝓科。没错，萤火虫接下来是夜鹰捕食的对象。如此形成的一道营生食物链生态，使得濒临绝种的台湾夜鹰，又开始繁殖。目前数量仍不多，一百只左右，为保护它们不受人为伤害灭种，牛犁社区向"社区一家"提出保育、复育的计划。

牛犁社区的研究调查，先要了解它们分布的情形、生存的环境、生活的情形，比如如何掠食、筑巢、求偶、交配、孵卵、育雏、鸣叫、休息等。好能在必要的时候协助它们保育繁殖。

然相信读者朋友像我一样，对牛犁社区碰到的基本问题不能置信。那是当牛犁社区的成员告诉附近居民要保育夜鹰时，得到的反应居然是："夜鹰？夜鹰没有了又怎样？"

所以，只好从最基本的教育做起。办座谈会"给夜鹰一个美好的生存环境"，用儿童剧宣导列车，"夜间精灵"征文、征画、征绘本活动，从小学、中学等学校，向下扎根……当然，更重要的，筹设"夜

鹰守护团队"，避免被过度骚扰。

而如果我告诉你，保护夜鹰最基本的，是要乡公所不要在道路两旁洒除虫剂，读者朋友一定会说："乡公所怎么连这种基本概念都没有？"没错，全台湾多数的乡公所，为求道路的"整洁整齐"，不愿野草蔓生，人工剪草昂贵，最简单的便是洒除草除虫剂。而，萤火虫是立即被灭绝的生物指标，遑论得赖萤火虫为生的夜鹰。保育复育夜鹰的工作，便如此"基本"却又如此困难。只好加油喽！

参访牛犁社区的各项工作，我不禁对雅帆与钧弼说："牛犁村有了你们，地方政府有没有，实在没多大差别。"没错，牛犁用最有效率的社区互助方式，做到了基本上所有社区的各项需求。社区林农、文化、产业、孩童、安亲、老人生活营造、妇女就业生态资源深度之旅。我看到就读慈济大学的年轻大学生，来当义工，骑着摩托车为老人送餐。

"社区"的确凝结了共同的意识，但如果过之，也会形成各自为政的缺点。牛犁社区在2007年的"社区一家"赞助计划中，便希望能经由"互信"建立"合作"的机制，好截长补短，让资源得到更有效的利用、整合。"互信"建立在相互的了解之上，牛犁社区深入探访在花东地区的诸多社区，对不管是已经停顿或仍在有效作用的协会，建立起重要、必须有的基础资料。

就我个人短暂的停留期间来看，我便感到有"纵谷社区深度旅游"的效益。简单地讲，如果我要到花莲县来旅游，尤其是深度旅游，而不是走马看花地只在旅游景点停留的话，那么，找牛犁社区就好了。因为，他们有较观光旅游局更详尽的社区资料，足以让参访者进一步地"看到"深入在地的土地、人物风情。

我终于深切地体会到"深度"不表示得像变魔术一样"变"出新的景点、新的戏耍方式、新的玩乐对象。以台湾的小，讯息的发达，要"变"出新花样，哪里容易。

"深度"代表的，是真正地能深入生活、深入民情，与在地的个人有交会，遇到的活动能参与，方能与走马看花的"旅游"不同。我们在其他国家和地区都企图要"深度旅游"，更何况在自己的土地上，而我要说的是：走了一趟花东，我才知道，我对自己的土地，多么缺乏"深度"了解。

牛犁社区当然不能肩负旅游的责任，但像牛犁社区促使成立的"寿丰乡文史馆"，便是不可错过的媒介点。纵谷社区深度旅游的效益，除了有益旅客，对社区也带来实质好处。

"游客来到地头，地方居民能赚的不外食、宿。在地人经营民宿，居民就赚到住宿费用，否则，财团经营的大旅馆赚走了钱，留给地方的只有垃圾。"雅帆说。我便看到精打细算的雅帆，怎样让社区妈妈发挥长处，供餐让来参访的人有干净、安全的饮食吃，同时也让妈妈们有薪水可领。而社区妈妈们煮的乡土料理，还真不差。

雅帆的主意是：食物要端上桌有让人要的美味，要不就材料好，要不就花工夫在做工上。比如一盘皮蛋豆腐因为不见工夫，卖个三十块就很了不起，但牛犁社区的一道豆腐，经过炸、煮巧手后，连我这种号称"美食家"的人，都觉得很不错呢！

就是这样踏实的做法，使得牛犁社区协助社区自给自足。而当每个社区都谈到永续经营的问题时，牛犁社区给了我"永续"最好的定义：如果要当义工，一两次大家都有这个热情，但往后只有当来工作的人都有所回馈，比如有薪资可领，那么，工作才会一直做下去，也才有永续。

社区工作持续不易，因为不管为这个或那个理由，总有曲终人散计划结束的时候。有人坚持继续努力，有人却离开了。牛犁社区持续的精神让人佩服。而我也很现实地认为，所谓"永续经营"，就是让大家都有"好处"——不管是精神的或实质的，才能"永续"。

阳光与希望的起点

（社区提供）

（社区提供）

2004年，花莲的牛犁社区提出"社区另类居民——台湾夜鹰"保护计划，成功凝聚居民共识，将台湾夜鹰的栖地及觅食区列为保护区，奠立了社区生态营造的基础。林业管理部门因此核定牛犁村为社区林业第二阶段生态营造的示范社区，更在2007年获得"永续社团奖"。2005年，牛犁社区设立"天送伯社区文物馆"，为社区的珍贵文物找到了一个安定的家，这里不但成了社区的乡土教育场所，也是交谊休憩的好地方。2006年的"社区补梦计划"，大大提升了社区的机动服务能力，并扩大对高风险家庭与族群的服务范围。随后，借由"承诺"计划，与邻近社区联合推展花东纵谷的深度旅游与户外教学，更获花莲县文化局、教育局的肯定。2008年则经由"WHO国际安全社区组织"评鉴为国际安全社区。

上好一村No.5的所在

1. 丰田位居花莲县寿丰乡以南，距离花莲市约三十分钟路程。主要公路为台九线（224～225公里处）、台十一丙（13公里处）。亦可搭乘客运于丰田站下车，或是搭乘花东铁路至丰田站或寿丰站（转搭计程车约五分钟到达社区）。

2. 社区接待中心——寿丰文史馆

   联络电话：（03）865-3830
   地　　址：花莲县寿丰乡丰里村中山路320号

3. 社团法人花莲县牛犁社区交流协会

   联络电话：（03）865-0243
   传　　真：（03）865-3278
   电子信箱：mailto:e7968@yahoo.com.tw
   网　　址：http://www.nlica.org.tw
   联络地址：花莲县寿丰乡丰山村中兴街37号

李昂

夫人牌志工

No 6. 台北市草山生态文史联盟

（社区提供）

因为一起当志工，
妈妈们就不再是"喝咖啡、聊是非"，
而是"讲的是大是非"。

首页摄影／陈建维　内文摄影／李玉清

民间社区

工作阵营中，赢得许多人竖大拇指称赞的"草盟"——草山生态文史联盟，一直以积极、坚定的行动，有效捍卫社区。许多人一定记忆犹新，各大报纸杂志喧嚷一时的"阳明山六之六"开发案，开发商以"保变住"——保护区变更住宅区方式，结集五十五公顷土地，要在阳明山建造四千五百人的社区。

毁掉一整片接连的小山丘的自然生态环境，必定会形成水资源枯竭，造成重大污染源，以及台风来袭容易导致山坡地崩塌、土石流、大水种种危害。台北市居然让环评靠边站，轻易通过这个方案。后经多方反应、经监察主管部门纠举七次，总算整体开发暂停。多年后，开发过的黄澄澄的土山，约略恢复些绿意，但如今仍零星地看到加压站工程在小山头进行。开发商想必还未忘情，而草盟也继续着监督的工作。真要佩服这样一群以家庭主妇为主结合的社区妇女。

话说2001年"六之六"的开发，自来水处要将标高三百米的"阳明山涌泉"的水，供给"六之六"每天需要的约七千吨的水。如此，引发了邻近居民与整个阳明山缺水的问题。

全赖泉水，阳明山在枯水期本就极易陷入缺水状况，多上"六之六"四千五百人使用，水从哪里来？从关怀水资源开始，一群家庭主妇，组成了草盟。适逢长期投入生态保育、社区工作的方俭，结束在大陆的工作回台，要创办社区杂志《天母合众国》。方俭指出："社区意识非常重要。"

　　方俭首先提供了自己的办公室，让草盟有个落脚的地方，也节省了草盟一年大概要五十万新台币的办公室开销。方俭并以自身多年的经验，与社区妈妈共同努力，要和通过开发案的台北市政府交涉。"我们一直告诉开发商，我们大家都是受害者。"草盟的人员口径一致："台北市政府应该为错误的决策负责。"

　　正确的目标，使"草盟"有着力点，而由于关怀阳明山水资源的分配，"草盟"的妈妈志工，更发现了阳明山的另一处瑰宝：草山水道系统。全台保存最完整、独一无二的日本殖民时期水道系统，有日本殖民时代最大容量的贮水槽，整个完善的水道系统确保了当时台北市居民使用水的供给，还能供应小小的水力发电。

　　因为是水源头，有自来水管理处的人看管，通常不能随便进入。如今有机会走访，看到从地下涌出来的泉水，是如此美丽的碧蓝色，水质清澈，只有极微量的大肠杆菌，可以生饮。不禁感叹，阳明山真的是如此好山好水。

　　从取入井走到第一接续井、水管阶梯、第一水管桥，到第三水源取入井、草山水管桥、气曝室、连络井，再到天母水管路、调整井、三角埔发电所，最后还会到圆山水神社。

　　沿路走在草山美丽的林间山径，美不胜收。途中可看到一座瀑布，还有一段已有七十七年历史的水管，因为水流过会震动，所以得用混凝土做成高台固定位置。再到"三角埔发电所"，

（社区提供）

上好一村 十八个充满阳光与希望的
台湾小镇故事

小小的发电室仍有部分日本殖民时代的旧机器，真可称得上是活的博物馆。

草盟将这被忽略多年的草山水道系统，视为珍宝，奔走努力，终于使它成为市定古迹，让这有十四处构造物及管道，绵延长十多公里的水道系统，得到保护与应有的重视。信义房屋 2004 年开始的"社区一家"计划，接连四年对草盟的赞助，更使得草盟得以办"天母水道祭"活动，让更多的人了解到，当年日本人请来英国设计师，善加利用草山的"雨水－森林－地下水－涌泉－饮用水"的循环，引出经火山地质层层滤出，水质佳且奔流不息的活水源头。怎不是一页活的"活水古迹"？

草盟更将"草山水道系统"进行的研究调查工作成果，长期在学校、社区推广。曾担任天母小学、中学家长会会长的许宝秀，贡献良多。她和草盟妈妈们将此"活水古迹"推展进入中学、小学的乡土、校本课程，小学生六年级毕业前，必须走一趟水道系统，也训练学生在天母水道祭时当个小小解说员。

志工美凤

更是令人感佩的"水道守护者"，她二十多年来，每天至少走两次，看看水道周遭是否有什么问题，以便立刻有效解决。这么经常往来水道，有一次，山上的猴子将大便大到她的头发上，而旁边的朋友被淋了一身猴尿。

"它们是故意的。"美凤笑着说。处处可看出草盟志工的爱。

这个从草根出发，
但能勇于向公权力、市政府质疑的团体，
真是以一群社区妈妈志工们为主轴。

天母水道祭

每年三月中举行，已连办多年，2007 年有一千多人参加，可说是台北市的重大庆典之一。从天母圆环旁的"三玉宫"上香祈福，锣鼓阵带头，延着中山北路往上走，到了七段的圆环派出所前，再左转至"三角埔发电所"前的广场。再由山下循着一级级石阶往上，可以来一趟认识"活水古迹"之旅，并享受草山林间漫步之美。

水道祭愈来愈热切，净山、草山水道定点导览、生态环境保护展览、社区学校节目表演，还有晚近加入的变装游行。借着活动唤醒居民对环境的关心，必要时，更要能站出来保护环境，"天母水道祭"真可谓寓教于乐。

特别是，志工妈妈大事"小事"都管的精神，更真是"社区的守护者"。妈妈们注意到天母派出所前一棵几十年的老榕树，不知为何日渐枯萎，找来树木专家，发现是路旁的人行道铺上水泥，树根不能透气，眼见就要枯死。社区妈妈大力奔走，终于能将水泥路面改铺空心砖，加上灌氧气保树，如今，一株枝广叶茂的大榕树，又活生生地立在派出所前。这里，成为外地人、在地人来此相约爬山最佳的约会地点。

以保护社区环境为职志的草盟一向名声在外，其所做的与一般安老助贫、种树美化的社区工作不同。对这个从草根出发，但能勇于向公权力、市政府质疑的团体，我原以为主事者必深具各式经验，没料到真是以一群社区妈妈志工们为主轴。

草盟的召集人徐美女，多年来与一干姊妹奋力与"保护区变更住宅区"奋斗。而被认为最佳联络人的文海珍，更以其良好的统合能力，打电话一个牵一个，可以号召三四百人联名，开公听会。动员能力一流。办公室不用花钱，不需要努力募款，这部分比较轻松。管财务的月梅说，比较大的开支是影印费，因为需要传递资料给大家。

挫折当然也是有的，一位江妈妈找人要签名，

屋内的人正讲电话，让她站在外面等半个钟头。总是觉得不被尊重，江妈妈不免说："我也是个夫人呢！"的确，妈妈志工其实都来自良好家庭，像文海珍，更有丈夫赖先生的支持。"我说今天太忙所以没弄吃的，老公就带吃的回来，要不就带一家人到外面吃。"海珍十分惜福。赖先生更常开车送太太和妈妈们参与活动。

学城市规划的戴吾明，妈妈们以"老师"称之，戴老师直说不敢当。"妈妈们都是主人。"他说："绝不是'教'她们，而是用她们能懂的话与她们沟通。如果没法让她们听懂，表示我自己也不够清楚，才不能说明白。"

问妈妈们从草盟的工作学到什么，几个人都异口同声说："学会看公文，能上台讲话不只不紧张，还言之成理，增广视野，也对政治体系、公部门、自己有了一定的判断。"志工妈妈们更笑着说，她们的很多第一次，比如第一次上街头、第一次到市议会、第一次到市长办

三玉小学的学童与祈雨小童。（社区提供）

公室等的"第一次"，都在"草盟"发生。因为一起当志工，妈妈们就不再是"喝咖啡、聊是非"，而是"讲的是大是非"。

采访不同的社区，会发现都市，特别是台北市的社区，除了有共同的问题尚能结合住户，大多数的"社区"，其实名存实亡。彼此疏离，点头之交，不相互来往大概是共同的现象。"草盟"以社区妈妈为主体，能有此保护社区环境的作用，在这个温室效应全球危害愈加严重的时候，更值得我们的关注与学习。

阳光与希望的起点

"草山文史生态联盟"，简称草盟，最早是由一群天母的社区妈妈组成。草盟长期关注水资源与生态保育议题，为了环境的永续，监督政府的政策和开发计划，发起的"天母水道祭"活动，如今也成为重要的社区庆典。草盟的妈妈们在展开一连串水资源保卫、山坡地生态保育的环保活动中，不仅让台北市政府开始重新检讨长久以来被忽视的"保变住政策"，还意外发现了深具历史文化价值的"草山水道系统"。更结合天母与北投的社区团体共同努力，使草山水道系统成为台北市第111号定古迹，这不仅是天母地区第一处由居民自发争取指定的古迹，也是全台湾第一座系统性保存的古迹。目前大天母地区已有十多所中小学固定参与水道祭的活动，2008年更推动城乡交流，促成宜兰与桃园先住民小学共襄盛举。此外，在"社区一家"计划的协助下，草盟的创立与社区运动的发展过程已拍摄成纪录片，可当成社区中、小学的乡土教材，让环境保育与爱惜水资源的环保概念，落实在教育和生活中。

上好一村No.6的所在

草山水道的入口在中山北路七段二三二巷，沿着中山北路七段圆环天母派出所和兆丰金中间的巷子上行数十米，是一丁字路口，即可见到"天母古道"的标示，一般人所说的"水管路"就是从这里开始。搭乘捷运者可在石牌站转公车二二〇或红一九路，或在捷运剑潭站转乘二二〇号公车，到达天母派出所后步行上山。

采访后记

多彩多姿的在地风貌

——李昂

答应替信义房屋"社区一家"计划支援的社区写采访，本来以为只是替一件有意义的事情留下记录，共襄盛举。

没料到，却造成我生命中极大的影响。

我选择的社区集中在花东、离岛。为了能够离开习惯的台北，习惯的都会生活。

不得不承认，最近几年来，为着要有较完整的视野，我花了大量的时间，在全世界各地旅行。但是，也的确忽略了离开台北外的台湾，虽然我还在台湾四处旅行、寻访美食、演讲。但，毕竟来去匆匆。

终于，为了写这六个社区的报道，我在澎湖、花东有了较长时间的停留。更重要的，不只是时间长短的问题，而在是否能介入。

是的，"介入"，我绝不敢说深入，因为所接触到的毕竟仍属于浮面。可是，正因为要做特定的题目，与所采访的社区的人、事、物方有了进一步的接触。光只是"到达"，绝不可能留下这么多深切的印记与反思。

为了要书写而做的社区采访，使得我有机会较"介入"地接触到在地。这绝非通常的旅行、观光所能达成。

如是，我看到了台湾诸多不同的面向。是啊！离岛澎湖的自在，赤柯山的新移民，寿丰地区的日本殖民印记，初鹿的先住民，再加上回台北后，接触到深具抗议精神的草盟，以及花园新城的文化立城。

啊！小小的一个台湾岛，带领周边的小岛，发展出如此不同、有特色的在地文化，构成台湾的风貌如此多彩多姿，这是我在过去所不曾深刻体会到的。

我必然要说，接触产生感动与爱，我爱这块土地以及离岛。我也希望借着我的书写，读者与我一样，走入这些社区，并因而一起爱台湾，这生养我们的所在。

（陆大涌摄）

刘克襄

走访社区，最感人的部分，更在于人心，
而不只是事物和环境的变迁。
当一个人愿意热心投入，以无私的精神奉献乡里，
往往会感动周遭的乡民。
进而引发大家的相继投入，更带来了整个社区的质变。

拔萝卜 全台知

刘克襄

No 7 . 苗栗县头屋乡狮潭社区

（社区提供）

想到要永续，造景外，还要造人。
他们毫不退缩，一路坚持。

首页摄影／陈建维　内文摄影／陆大涌

我站在进入外狮潭的山洞上端，一座观音寺的矮墙上。从那儿往南远眺，苗栗市区绮丽的地理景观，在眼前辽远地横陈开来。这里不只是外狮潭眺望苗栗的最开阔位置，也是望向外头世界的最好展望点。迎向这片好山好水，我不由自主地发出喟叹。一边仔细地聆听着社区规划师胡清明生动而翔实的解说。

我们伫立的下方，就是老田寮溪与后龙溪的汇流处，过去为旧苗栗八景之一的"龙潭映月"。经由他的指点，我突然想起，1872年马偕医师溯老田寮溪而上，势必经过此潭；日后方能翻过眼前雄伟苍翠的八角崇山，进入台三线的内狮潭山区。

外狮潭村早在乾隆时就开发了。日本殖民时代，因社区北方山形类似狮头，且村中有一深潭，故名"狮潭"。只是那块沼泽，如今已化为农田。又，因其位置较西，为了与狮潭乡区别，故名之外狮潭。外狮潭的地理，有点类似此地晚近著名的萝卜。从狮子头那边，肥肥长长地衔接老田寮溪。苗一二六线公路是唯一进入村子的公路，绵延三四公里长。它像这颗熟了的萝卜，外壁出现一条细小龟裂的纹路，从头延伸到底，鲜明地把整个狭长的村子划成两半，也联络着南北的交通。

胡清明从事社造多年。尽管身为专业社造师，却是以志工的身份投入，奉献乡里。才短短没几分钟的人文地理描述，我即惊讶他的专业能力。接下来的行程里，我更加了解，经过多年的参与和活动筹办，他对社造理念的成熟，以及实务经验的心得，都有充满创意和独到的见解。

外狮潭社区是个以稻米耕作为主的传统农村，晚近一如其他乡下，生活日益凋敝，许多中老年人因失业问题，终日闭锁在老家，身心都严重受困。他有感于此一状态是社区发展的危机，乃义无反顾地投入

（社区提供）

透过社区老中青三代，共同照顾萝卜园的体验，
不仅促进了社区情感的交流，也达到"社区一家"理念的实现。

家乡的重建工作。其实，在他还未参与前，外狮潭就积极地想挣脱这个命运。

2003年时，一如台湾不少地方的社区改造，为了重振农村产业，当地社区发展协会推出了城乡风貌焕然一新的农村景观，以"山麓田园水车村"作为宣传，积极打造幸福家园的梦想。当时游客进入狮潭社区，凡是水圳旁边，都会看到各类造型水车的有趣身影，以及水车相关的改造景观。

居民也以体验农村生活为主题。在苗一二六县道路两旁，种植了许多波斯菊、向日葵等美丽的田间花卉。希望游客前来赏花健行、骑脚踏车，轻松享受田园风光。

他们深知，外狮潭是寻常的传统农村，并无一特别漂亮的景点。反之，整体就是一个美丽的乡村。都市人来此旅游都会印象深刻，仿佛回到一个消失已久的家园。此一活动后，村人又逐渐有另一番体悟，城乡风貌的造景虽然可以逐渐改变自然景观，但更深层意义的社区改造，当在造人。如何带动社区人心，活化外狮潭的产业，成为下一个阶段的实际目标。

"头屋萝卜节"

的缘起，是在2006年时，村里的人经过多次全村的农务会议后，决定以"萝卜"作为社区特色，年底时遂推出头屋萝卜节的活动。为何以萝卜作为推动的主要内容？原来，此地每年大抵有两个

稻作期,十月时稻田才休耕。休耕之后,农夫固定
会在田里洒上一些萝卜种子。来年春节前,便可拔
成熟的萝卜,加菜打牙祭。而残存的萝卜叶,也可
当绿肥滋润田地。

　　过去既有此一休耕的农地内涵,他们便以此为
主题,号召社区居民一起动员,重建过去的生活文
化。尤其是从未有农耕经验的小朋友、青少年,在
从事农耕的祖父母和父母亲指导下,一起来撒子,
种萝卜。日后,再共同呵护萝卜长大,观察记录其
生长过程。等春节前夕,萝卜长成了,大家再一起
来拔萝卜,分享收成的喜悦。

　　当时,他们不仅以萝卜为主题,还想把萝卜的
食用方式,一并细腻看待。凡跟萝卜有关的生活文
化,也都纳入讨论。比如,有一回开会时,他们拜
托社区的妈妈婆婆,回去想一星期,看看有哪些烹
饪萝卜的手艺和内容。结果回报时,竟有七十种吃
萝卜的方法。他们再透过整理,列出高达五十种可
行的萝卜吃法和炒食。

　　日后,居民办活动时,就有一道道萝卜美食佳
肴,吸引游客了。什么凉拌、腌制、炖汤等多样美
味可口的料理,都在其中。当然,萝卜丝、萝卜干

等美味的副产品也是他们开发的重要食材。

透过社区老中青三代，共同照顾萝卜园的体验，不仅促进了社区情感的交流，也达到"社区一家"理念的实现。除了居民间的紧密互动，他们也希望，以萝卜为主题的生活，透过各种呈现的方式，将头屋乡外狮潭绮丽的风景，客家人民风淳朴的内涵，还有社区的其他创意产业，逐一介绍出去。

万万没想到

，初回举办的节庆就一炮而红。来年，他们获得信义房屋的"社区一家"的赞助后，举办活动的信心更是大增。他们期待着，这一系列以萝卜为主题的地方产业，年年都能吸引大量游客前来参与，进入田园拔菜头，认识萝卜的生产文化。同时，一起品味萝卜变化出来的萝卜饯、萝卜丝和萝卜糕等传统的美食。

除了欢迎外地游客前来观赏花海，拔萝卜，他们亦设计其他有趣的活动，比如另一大特色是焢窑。

为了轻松地烤地瓜，徐斐燕设计出一种可重复使用的焢窑设备，不仅省去堆叠土块的麻烦，一次还可烤到四五十条，让一整台游览车的人都可食用。这个独一无二的设计，当然也增添了外狮潭社区的魅力。

在社区发展协会推动下，尽管外狮潭成功地转型为休闲农村，外地游客亦常包乘游览车前来。但整个社区始终没有活动中心，老人家

（社区提供）

（社区提供）

2006年好菜头农业文化活动。（社区提供）

也没有休憩场所，不免让他们有一个遗憾。于是，大家不断地在洽询合适的空间，作为活动中心。很幸运的，这个问题最近也获得解决。

一位积极热心公益，付出不求回报的人，毫不迟疑地，捐赠了自己的好几处产业，供给社区的人使用。他叫徐斐燕，当我和胡清明远眺着山水时，便一路默默地陪同在旁。必要时，才从旁边协助胡清明说明事由。

徐斐燕原本从事建筑，事业发展良好。后来父亲生了一场大病，让他深深体会，钱并非人生最重要的物质。当时，他获悉社区的状况后，当下决定将闲置多年的传统三合院提供出来，连同猪舍、庭院旁的菜圃与草坪一并无偿给村人使用。连附近的广大稻田，都供作游客摘种萝卜的场所。更感人的，他们全家后来都投入社区活动，无求任何利益的回报。

有了此间老旧传统房舍和周遭空间，他们也向客委会申请拨款进行整建，将它改作社区老人的关怀据点和活动中心。传统房舍采用客家最古老的黑瓦白墙样式，重新整修，旁边的猪舍也在原有基础上，焕然一新，改建为半开放式空间，作为开会、简报、聚会与餐厅等多种用途。

有了此一硬件建设，社区的向心力，总动员的力量更加强大了。此后，社区每星期五的固定聚会，经常有六七十人报到。每一星期，老人们也都盼望着这天的到来，大家可以到此欢乐、聊天，还有健检。

他们在此当学生亦当老师，学习莳花种菜。地方物产如米苔目、月桃花粽、萝卜丝等，还有过去的水车等，都被当作区域的产业特色，继续被研发。社区发展协会亦透过此一机会，记录早年的文史资料，同时宣导社区的改造理念。老人家在此有创造第二春的幸福，年轻人也以老人为师，带动社区一起成长。

彼此相互学习

一段时日后，成果随即展现。以前外来的媒体记者到来，都是胡清明代表社区，接受访问，向外宣传。现在社区里好些人都有概念，而且积极参与活动，不少老人都能侃侃而谈，叙述社改的理念，争抢着描绘社区的诸多事情。

但他们并不自满，除了萝卜节庆，他们还想到日后客家文化的永续承传。于是，连着两年，他们也试着举办大禾埕的蚊子电影院。

何谓大禾埕

客家诗人陈宁贵曾如此描述:

平常时节

细人在大禾埕搞聊

散落一地

欢欢喜喜介脚步声

暗晡头时节

大人端凳来大禾埕

讲头摆生趣事情

汝一言我一语尽像画符诰

月光听到笑迷迷

原来,以前农村社会,农闲的时候,傍晚时分,大家都会拿着自己的板凳,聚集在大禾埕里,看着野台戏,或是电影。外狮潭亦尝试由此出发,发扬大禾埕文化。他们连续两年都在暑假举办,一年四场。分别在村头村尾等四个区域,每回活动都从下午五点至九点,全村的人皆可参加。大家一起炒米粉,煮一些吃的东西,小孩子也在此一块玩耍。最近两年,办了八场。活动一直在变,举办过客家布偶戏、卡拉 OK 活动,也播放过电影。

当然,他们还放映社区营造的电影纪录片,让所有村民在欢愉的气氛中,更深入认识自己的社区。他们活泼地把外狮潭定义为,全台湾最大的一家田间俱乐部。游客沿着一二六线进来，经过山洞后，就是桃花源。

后来，我们三人沿三洼坑步道上山。此一自然生态步道呈环状绕行，自五圣宫进入，塘仔窝出来，在这十三公里绵延的小山丘上蜿蜒着，尽头为一美丽的湿地。湿地原本要规划为高尔夫球场，后来拥有的"地主"有感于地方文化的使命亦捐赠出来，供社区发展协会使用。同样的，原本并无此步道的存在，都是当地人热心公益，无私地捐地开路，供游客徜徉山水。

步道大体由当地人以竹子简易地蜿蜒铺成，两旁常有青翠竹林，

或低海拔次生林相伴。步道高点的棱在线，往东可望见中央山脉，另一边可远眺外埔渔港的日落，向下则鸟瞰全村美景。我们在步道高点，继续远眺外狮潭的山水。

未来，外狮潭还有一个美丽的梦想。他们要以社区生活博物馆的概念，透过老人家的经验指导，在二十五个地方设置小吃铺和展售中心，贩卖不同的美食小吃。这儿既是田间菜摊，也是自行车休息站。农民工作累了，在此休息，也可在此卖菜。游客们更可随兴，骑着配有篮子的脚踏车到来。本地产业直产直销，游客亦能当场买到新鲜的蔬果。

这会不会是空想呢？以前他们就是凭空而逐一实践梦想。如今他们信心更多，资源也更加丰富。想到要永续，造景外，还要造人。他们毫不退缩，一路坚持。农村的客家文化、勤俭精神，要继续承传下去。

阳光与希望的起点

在耆老访谈中得知，狮潭社区昔日产制的榨菜、福菜、洋菇品质甚佳，只是缺乏包装与行销，才逐渐被淘汰。狮潭农田具有干净不受污染的先天优势，水源直接由明德水库供应，不受工业用水及有毒地下水之荼毒，加上社区妇女精于传统客家菜，是发展有机农业、休闲农业的好地方。经讨论后认为，利用二期稻作收割后，农田闲余期间最适合栽种萝卜，一来发挥地尽其利，二来利用寒假期间教导小孩如何拔萝卜，如何制作萝卜干、萝卜美食及客家人特有之萝卜饭，让长者发挥所长，找回逐渐失落的记忆，并协助农民寻找出属于自己家乡的特产。

因而推出大家一起来种萝卜、拔萝卜、吃萝卜的系列活动。

（社区提供）

上好一村No.7的所在

狮潭村位于头屋村之北端，头屋乡位于后龙溪下游，东以鸣凤村、明德村与狮潭乡接壤，北毗连造桥乡，西接后龙镇与苗栗市，南以曲洞村、飞凤村与公馆乡邻界。可由中山高苗栗交流道（132公里处）下→往苗栗方向→上台七二线快速道路头屋匝道下（七号出口）→头屋→狮潭村约15分钟。或由中山高头份交流道（110公里下）→苗栗方向→经造桥（香格里拉）台甲一三中线→往头屋方向→狮潭村。也可走中二高后龙交流道下（130公里）往后龙方向→台七二线快速道路第一匝道下左转→第一个红绿灯右转苗一二六线→狮潭村（下高速公路至狮潭村约12分钟）。

像活泼好学的孩童

刘克襄

No 8. 台中市西屯区何厝小学

何厝小学借由多样的文化认同，跟社区不断地对话。
像一个好奇又好动的小孩，
不只想待在教室上课，还要出去动一下筋骨。

首页摄影／陈建维　内文摄影／李玉清

青少年时代

，我来过何厝。那是一次骑脚踏车的旅行，跟友人从旧市区出中港路，骑了许久，才抵达一家以雨衣厂牌闻名的达新公司。为何要骑这么远，因为这家公司拥有一间很宽阔、清洁的游泳池，友人透过关系，可以免费游泳。记得那时，周遭都是稻田，远远地就看到，白色的达新公司鲜明地矗立在右边的大马路边。

没想到，不过十多年，我们骑脚踏车出来的旧市区没落了，早年达新设厂的中港路，如今反而是台中最热闹的地方。以认识老树打开知名度的何厝小学，就坐落在附近。达新也是他们乡土教学时，不时会提到的，昔时的工厂。

"鸟仔若飞过何厝庄，无死也会掉三根毛。"何厝小学何志平校长和我初见面时，念了一段此间的俗语。这句鲜活的生活语言，也生动地把何厝当地人的个性，鲜明地展现。原来，这处紧邻中港黄金地段的社区，过去都是姓何的人家，比较团结且排外。因而才有这样的形容。但是现今这儿已经属于热闹的商圈，外来人口大量移进。整个社区的结构已经改变。

改变成何种模样呢？从最近网络上的房地产广告，或许最能贴切地了解。有一则是如此介绍的：

何厝小学位于四期重划区，距中港路、文心路等主要干道不远，环境闹中取静，产品以透天别墅为主；中港路、文心路口未来将设置

双捷运站，房仲业者……

都会小学跟社区间的关系，跟乡间小学扮演的角色很不一样。不同都会对小学应扮演的角色，期待也不同。但一般说来，愈接近都会核心社区的家长，较为关心的是孩子的功课学业，以及身心教育。社区和学校的关系很容易呈现并行线，相互交集不多。纵使交集，可能多是安亲班、父母家成长班的课程安排。

何厝小学位处于如此变化快速，日后又将更加剧烈的环境。学校的老师们早就意识到，身为人师，不可能置身事外，而独善其身。

除了课本教材，他们也得尝试学习，另一套跟社区有关的教学内容，把学校和社区拉到同一个生活平台，展开有意义的对话。

在这种氛围下，建校十五年，一千多名学生的何厝小学，如何扮演一个称职的都会小学角色，受到多方的肯定呢？2003 年夏天，当何志平校长走马上任后，马上带来新的作风。他认为，教育不只要手脑并用，还要跟生活紧密相关。何厝小学因而特别注重自然科学教育。

校园内开辟了水生植物园、自然学习步道，提

何厝新乐轩北管乐团团长何山阳。

供学生亲身体验的场所。此一方向，除了希望能培养学生的科学及人文素养，同时也希望能发展学校特色，达到绿化校园的效果。

在校长支持下，学校的行政资源也全力支持。一群志趣相同，自觉性强的老师们，遂作为核心主轴带动风气，影响其他老师。在台湾绿色学校的伙伴网络里，他们有一段感触如下，相当能展现这些投入社区教学老师们的心声：

我们是坐落在台中市西屯区何厝庄内的中型学校，创校满八年，目前以教师专业成长团体的机会筹组校园步道规划组，十位老师利用一年的时间积极进行学校环境资源调查工作，现在已印制完成校园学习步道折页，预计下学期起，将利用此折页进行认识校园的课程，并

将此列入学校本位课程，我们将继续往社区努力，期许带领学生与老师从校园出发，深入认识环境之后，才能爱上我们的环境。

老师们深知这只是第一步。接下来，社区和学校间关系的重要性也必须长期建立。学校不宜孤立在社区之外，更不能只纸上谈兵，停滞在一般家长跟师长间，简单而客套地互动。但到底要如何跟社区对话呢？几位核心老师以为，既然来此教学，就应该视自己为社区一分子，对在地更加认同，积极认识当地文化和社区的变迁。恰好，老师们也看到信义房屋 2005 "社区一家"赞助计划。未几，尝试申请，获得赞助后，更鼓舞了他们逐步带孩子走进社区，准备将消失的地方文化整理起来的决心。

学校的老师们早就意识到，除了课本教材，
他们也得尝试学习，
把学校和社区拉到同一个生活平台，展开有意义的对话。

　　这群老师的核心人物是欧家好老师，率先采取了代间教学的理论尝试。他们开始带领孩子走出学校，跟社区建立更为紧密的互动关系。首先开锣的是"拜访社区绿巨人"活动。在老师陪同下，学校五、六年级同学，开始了调查老树的田野工作。

　　最早的调查，是一棵茄冬老树，位于校门口正对面，树下是间脚踏车店。老树周遭都被水泥地包围，很不适合它生长。但在学校师生

阅读社区俱乐部认识老树的活动。（社区提供）

　十八个充满阳光与希望的
台湾小镇故事

的关心下，老板也乐于照顾它，尽量不干扰老树周遭有限的泥土，还会帮它打防虫剂。

老师们更邀请当地社区的耆老，请他们来讲解老树的故事。透过如此活生生的乡土教学，学生不只学习兴致高昂，耆老们更有所感触，觉得自己还是个有用的人。

以老树为主题的代间教学，带出了学校和社区的亲密互动，展开了一连串的老树保护行动。日后，经过耆老们的引领，他们又认识了社区的五棵老树。

从老树的保护，接着是乡土文史的记录。透过社区的人脉网络，老师们努力走访募集下，收集到许多社区珍贵的老照片，且逐一注记了老照片背后的故事。同时，还进一步查访老照片中的现址，进行拍摄比对。最后，再将所有资料书面化处理，制作成怀旧海报和档案，见证何厝庄的历史变迁。

为了让社区里的大小朋友认识和体验社区之美，老师们还规划了"社区特色图章比赛"，鼓励学校师生及社区民众发挥创意，画出具有代表社区特色、精神象征的意象图章。比赛分学生组、亲子组、教师组及社区民众组。结果，参赛非常踊跃，作品也创意十足。以上这些事迹，都让学校和社区进入更亲密无间的关系。此后，学校属于社区，社区也是学校。

从何厝小学架设的网站，我们也精彩地看到了，好几位老师努力完

成社区教学的杰出成绩。有很多文史工作者必须耗费长时，才可能完成的田野调查，老师早就充分地利用课余时间，悉心地完成。他们把社区文史渊源和生活风物，做了细密的记录和整理，翔实地呈现。从这些丰厚的史料，即可见证学校和社区间的互动，一开始就建构了厚实的基础。

这是第一年的接触。第二年，他们继续走读何厝。何厝小学的老师们更积极地对外展开"老人与小孩"代间活动的经验分享。他们带领孩童接触更多社区的耆老，学习认识社区既有的北管乐和布袋戏。何厝庄内，尚保有近百年历史的"北管戏团新乐轩"，以及多个布袋戏团。

学校也以一己之力，努力在教学研究和教育设备等软硬件工程上详加规划，设置"北管乐团""掌中戏团""国乐团"以及"乡土资源教室"和"乡土中庭花园"等，期待地方上对民间艺术有更进一步的认识，共同维护传统文化。

经过长期的社区互动，老师们在田野调查的过程里，也发掘了好几位耆老的特殊才华。他们更积极地推动老人到学校口述历史。请他们当乡土老师，跟小孩世代交流，彼此产生更为紧密的文化互动。

比如，有一位社区阿嬷，叫何秀暖，娴熟许多地方俗语。他们便设法邀请阿嬷来教室上课，讲一些闽南语谜语，让孩童以游戏的方式学习。结果，孩童们反应良好。阿嬷有了这个机会，也很高兴。透过这样的教学摸索，她也学习如何透过教学，选择更适合孩童的内容。而学校一位娴熟乡土语言的黄文俊老师，更与欧家好老师合作，一同将阿嬷讲过的、有趣的地方生活谜语，悉心挑选，再搭配孩童的绘图，编写成图文并茂的教本，展现地方独一无二的俚语特色。

又比如，为了了解地方文史，他们也邀请到日本殖民时代即受过良好教育的何火树先生，帮小朋友讲古。透过早年的图片的对照和讲解，这位耆老让孩童更加认识这里。当然，老师也有机会在旁，帮忙何老先生整理地方文史内容。

为了了解传统米食

如何制作，老师们还会带孩子到社区家政班现场，了解实际状况，而非仅局限于课本的知识。但社区的带动并没那么快，一年播种，到了第二年，可能都还在培育的阶段，还要好一阵，才能深入带动，影响社区的民心。欧家好老师即认为，到了第三年，走读的效果才较为显现，社区也逐渐认同学校的作为。

比如，先前办理的标语设计、征图文比赛。老师们从中发现，第一次时孩子多半以老树为主题，因为那时刚开始接触社区。到了第三年，标语才逐渐丰富，除了老树，老屋、米食、布袋戏等符号，开始出现在孩子们构思的图案中，可见社区被关心的议题愈来愈丰富。

除了标语设计、征图文比赛。在大家的共识下，学校和社区还规划了一系列活动，诸如"何厝校庆活动""乡土文物展""老树巡礼""绘本展""老照片展""社区大小事邀你来记录""老二妈回娘家庆典活动""社区园游会""社区北管表演"等。

何厝小学借由多样的文化认同，跟社区不断地对话。师生和社区彼此都在这个活动中学习成长，紧密地结合，打破了都会社区和学校僵化、疏离的互动模式。它像一个好奇又好动的小孩，不只想待在教室上课，还要出去动一下筋骨。如今，它也活泼地打破了过去既有的教育藩篱，走出一个都会小学的特色。

阳光与希望的起点

2004年，刚从云林嫁来台中的欧家妤老师找了在地的赖幸穗老师聊天，得知何厝小学所处的何厝庄是个具有两百多年历史的社区。何厝庄有句俗谚："鸟仔若要飞过何厝庄，无死也会掉三根毛"，可见当时社区居民向心力之强。

两位老师开始思考，站在老师及学校的角度不该是像传统的学校教育将社区事务置身于外，应该主动带着学生走出校园走入社区学习。于是自组团队，何厝小学全体动员，主动走入社区，邀请地方社区团体共同发想及参与，以社区珍贵的宝藏老树为出发点，统整地方风土人文与生态资源，增进师生与社区居民的相互了解以及对地方的认同感，真正做到何厝心、社区情，学校社区一家亲。

（社区提供）

（社区提供）

上好一村No.8的所在

何厝小学位于台中市西屯区重庆路一号，从中山高中港交流道下，沿着中港路直走过文心路的下一条与中港路垂直的路，右边较大的是大墩路，左边旧小的旧街道则是何厝街，由中港路左转进何厝街就是何厝社区。

（社区提供）

稻草秆也能变黄金

刘克襄

No 9. 台中市南屯区宝山社区

草编利用的是田里的稻草，竹编则是取用当地的竹子，都可环保回收，再创其经济价值。

这些传统生活文化技艺，饱含了前瞻性的生态意识。

（社区提供）

首页摄影／陈建维　内文摄影／李玉清

宝山社区发展协会理事长施明辉
（辉哥）。

初次见到辉哥，是在一个城乡风貌观摩的活动上。那时乍见高大的他，挺着肥硕的肚腹，张开弥勒佛般的笑脸，站在一群地方耆老间。他们各个系着稻草秆编织的草裙，害臊却热情地列队，欢迎远方的贵宾到来。

我们被安排来此，参访南屯地区消失的传统稻草技艺，在台中大都会社区里，如何精彩地继续承传。那时，看到这个年轻人突兀地挨蹭在耆老间，不免觉得纳闷而好笑，私底下还猜想着，莫非他觉得自己也是老人了。日后等到和他接触，才知道，年纪不过三十出头的辉哥，竟是这支老人团队的灵魂人物。宝山地区乡土文化手艺的承传，主要便靠着他的带动，方有今日的成绩。

那天，我们鱼贯进入会场后，他们在这间高速公路旁边租来的简易活动屋里，即兴表演稻草秆的编织技艺。

我从小在台中乌日乡下长大，老家离此不远。老人们编织的玩意，有不少都是我过去甚为熟悉，如今却近乎淡忘的器物，比如草螟笼、捕虾笼等。不只如此，老人们还会依生活的经验，继续用稻草秆，编结一些新的产品，诸如坐垫、草裙等。不论新旧，我都有些惊奇。没想到，这种中部乡村间逐渐消失的稻草秆编织技艺，竟然有一群老人，还能很娴熟而灵巧地表演着，而且将会继续承传下去。

编织稻草秆的老人们，居住的宝山位于哪里呢？它虽属于南屯，却坐落在筏子溪西岸的大肚山下，过去有一个滑稽而有趣的俗名，猪哥庄。

宝山属于老台中的农耕环境。一块水源尚称丰腴的地方，过去以稻田耕作为主，居民生活尚称富饶。只是晚近此区开发迅速，旁边又紧邻台中工业区，遂迅速成为台中发展最快的都市计划区，周遭公寓大楼如雨后春笋般矗立。相对的，农地迅速缩小。

水稻田消失下

许多过去务农的人缺少耕作的机会，整日无所事事，又难以追赶上现代化生活的脚步，失落感甚大。随着年岁渐长，他们更加茫然，仿佛一群无用之人，经常在村内闲晃、斗嘴鼓。后来，连他们常年聚会的场所，周遭都兴起公寓大楼，仅存六七家低矮的三合院聚落，支撑着昔时的农家风景。

辉哥本名叫施明辉，原本是宝山地区农家长大的孩子。他家虽保持传统三合院的大宅模样，但四周也都是新式洋房或高楼的公寓。在稻田迅速消失下，他理所当然地未随父执辈继续在稻田耕作。如今他在东海大学对面一家做机器的公司工作，谦称作黑手仔。辉哥的父亲

亲善团里有一位82岁的老农，还勇健地出来参加亲善团，

大家也互相勉励，

不要因为年纪大，就觉得自己没用。

一如社区过去务农的老人，在失去稻作的环境下，闲赋在家。有时也跟其他老人一样集聚在社区的公共场合聊天。

有鉴于社区呈现的老人凋零和无所事事，地方一些有志之士便出来，筹组成立"宝山社区发展协会"。第一任理事长陈秀雄特别针对老人的状况，积极争取了一些经费，不时举办敬老重阳的团康活动。一会儿有老人歌唱比赛，又一会儿集体去旅游。经由此一定期活动，老人彼此间有了更大的认同，逐渐凝聚成一股社区力量。

施明辉下班后，有时也到协会里帮忙。时日一久，慢慢积累了一些社造的想法。相对的，对这块从小生长的土地，衍生了进一步的感情。日后，对于协会活动的参与也愈来愈积极。等第一任理事长两届任满卸任时，村里的长辈们便推他出来接棒。辉哥这时想法又更为圆熟。他觉得，社区活动应该有阶段性任务，不能只停滞于抽奖、唱歌和旅游团康活动的举办。

从父亲的耕作经验，他相信着老们一定有许多

丰富的稻作经验。他尝试着把阿公阿嬷们经常揽集一块，激发他们的想象，共同追溯过去农耕时代的技艺。首先，被召唤出来的是制作虾笼的手艺。由于宝山紧邻鱼虾丰富的筏子溪，附近的人都善于采用乌叶竹，编制虾笼，捕捉溪里的鱼虾。除了宝山，这项手艺也是以前筏子溪西岸，包括文山、春社和春安等各里的特有手艺。

于是，他心想，何不进一步来办个"溪西文化节"，让这些农耕时代的绝活能够重新问世，日后再将这些文化承传下去。同时也借由此一活动，进而关心筏子溪整治，以及淡水鱼类资源的问题。

再者，他们所利用的材料，都是回收再利用的，进而完成手工艺品。比如，草编利用的是田里的稻草，土埆也是利用田里的泥土和稻谷混合制作。竹编则是取用当地的竹子，剥制后编织而成。所有的材料，都是可环保回收的，再创其经济价值。他们所提倡的传统生活文化技艺，也不谋而合地饱含了前瞻性的生态意识。

最初，当辉哥提出此一稻草节庆的构想，立即获得村里者老的支持。那一回，在社区规划师张义胜的提议下，他们即利用简单的材料和资源，打造了一个全台湾最大的稻草人，作为活动的标志。等完成后，觉得太单薄，又利用资源回收品，再做了一个大肚、戴帽子、做滑雪装扮的创意稻草人。结果，在这个地标的吸引下，节庆活动当天来了七八百位民众，观看者老们表演稻草编织等。多家媒体亦大篇幅报道，让所有参与的阿公阿嬷们对自己参与的工作更加有信心，往后参与活动的热忱也愈加提振。

有了这次成功经验后，辉哥再把耆老们组成有趣的文史工作队伍。原则上分两组，阿嬷组编成做粿班，阿公凑成稻草班。他们推出"宝山水浒传"，让耆老们一个个化身为身怀旧时农家技艺的各路好汉，到处巡访。只要附近有需要认识乡土文化的小学，他们便热心去教学，把他们熟稔的稻草文化和做粿的经验，传授给师生。

　　宝山社区发展协会闯出名号后，2003 年便获邀参加嘉义蒜头糖厂举行的台湾社造年会。那一年，他们以"会走路的稻草人"为主题，加之纯朴亲切的态度，获选为台湾前五名的魅力社区。2005 年又以酒瓮加芒草的创意，在台北华山举行的生活工艺展上，得到极高的肯定。

为了稻草技艺承传的长远性，辉哥还将自己家

里三合院后的猪舍整修，挪用来作为协会工作室的储藏和展示空间，里面堆放着历来编制的成品。

　　获知他们的用心和成果，社区附近的岭东技术学院行销观光系也积极参与，期待配合在地耆老的手艺，进行文化行销、推广包装设计。大专学院的参与，让阿公阿嬷们更有伸展空间去制作自己的作品。他们也愈加有成就感，不会觉得自己是老而无用的人。

　　若放诸长远，辉哥很期待，有朝一日，稻田里的稻草变黄金；台中市市政单位能将宝山稻草编织的作品，列入台中文化的特色；日后

（社区提供）

（社区提供）

说不定还能成为，台中市馈赠游客或国际友人的纪念品。

有鉴于社区内新大楼逐一兴建完成，不少新住民陆续搬入。社区发展协会为了增加新住户与旧居民情感交流的机会，带他们快速融入社区，他们也经由信义房屋的赞助，精彩地执行社区街道墙面的绿美化，以及陶板门牌制作等活动，增加社区居民间的互动，传递社区共同体的意念。

（社区提供）

辉哥带我走入大街小巷时，只见他一路挥手打招呼，尽是热情微笑的回应和闲话家常。他也一边细数着，整个社区未来还可加强美化的地方。宝山社区发展协会不只发展自己的乡土特色，追求社区的美好发展；耆老们也有爱屋及乌的精神，未几，他们筹组宝山文化亲善团，在团长伯赖荣汉的率领下，择期举办一些关怀弱势者的活动，一边当成旅游交谊，参访其他地方，激发其他地区的老人团体。

有一回，四十多位协会亲善团的耆老前往台中市仁爱之家，拜访当地老人。他们现场示范，如何制作芋粿、粉粿、草籽粿，以及稻草编织的各种手工艺。院内的老人吃到这些传统的米食糕饼，感动地对他们表示："已经有二三十年没吃过草籽粿了。"

亲善团虽然热情，乐于协助其他地方的老人团体，但有些参访地方的老人比较自卑，不愿主动。他们总以为亲善团的人比较年轻，做事有活力。未料到，一比较，彼此的年纪竟相仿。

比如，亲善团里有一位82岁的老农，远比仁爱之家的老人年纪都大。他都已近耋耄之龄，还勇健地出来参加亲善团，这下子更感动了仁爱之家的老人。大家也互相勉励，不要因为年纪大，就觉得自己没用。还有一次，亲善团的团员前往台中市启聪学校，教导学生们草编。或许都属于社会边缘的次团体，耆老们和身心障碍的孩子们，互动反而特别良好。

（社区提供）

学校老师把学生分成四人一组，一起观摩学习，同时互相协助照顾。身心障碍的学生学习能力或许较不足，没有办法在短时间内，学会复杂的稻草编织，但他们明显地比一般正常孩子更愿意付出心力。在教授编织的过程中，耆老们就看到，这些智能较为不足的孩子们，努力独立自主，表现照顾自己的能力，也愿意关心他人。他们比一般人更憨厚，真诚地把耆老们当成自己的阿公阿嬷般尊敬，更愿意陪侍在旁边，整天跟着他们学习。耆老们自是感到窝心，也从他们身上获得另一层次的生命关怀。

综观宝山社区发展协会的成功，无疑的是出现了辉哥这样热心参与社造的人，愿意出来领导社区，同时对地方文史有深度的情感认同，进而去发掘，将传统农村的文化资源做了有效的整合。当然，更重要的是，耆老们的热情参与和认同，把传统的稻草技艺，精彩地展现，甚而有了承传的文化使命。老人们也在这一自创的第二春里，发现自己的专才，更加认同社区活动的意义。

这些成功因素

都需要社区人士，平时一点一滴的工作积累，同时无私心地奉献。宝山无疑把这些成功的因素，都积极而适时地整合。原本要被公寓大楼吞没的农村生活风物，才能亮丽地存在，而且有了承传的契机。

阳光与希望的起点

宝山居民无论老少都称宝山社区发展协会理事长施明辉为阿辉仔。施理事长因文化局介绍，认识了张义胜老师，自此踏上社区营造的第一步。首先筹划的活动是为溪西文化节命名，接着由宝山阿伯们共同合力创作一系列稻草、土埆、竹编等文化传承技艺，并在全台湾最大稻草人创作中，得到了台中市政府的肯定。进而成立文化亲善团，到仁爱之家、启聪学校等地推展稻草、竹编与传统米食等活动。接着则推动社区闲置空间的改善，让猪舍摇身一变成为稻草工作坊。随后更以社区创意门牌、绿美化当成引子，让新住户在创作过程中，拉近街对街、巷对巷的共同讨论，使社区内新住户和旧住户互相交流，轰动了整个溪西地区，创造出了一连串的感动与动能。

上好一村No.9的所在

可由中山高速公路南屯交流道下，往工业区方向，经五权西路，右转忠勇路，即可到达宝山社区活动中心（地址：台中市南屯区忠勇路119-1号）。

刘克襄

美丽的老人社区

No 10. 南投县埔里镇长青村

在这里常有潜藏的再生生命，从老人的身上萌生出来，
形成感人的力量。

首页摄影／陈建维　内文摄影／李玉清

"九二一" 地震

"九二一" 地震前夕的春节，我曾前往埔里做客。友人为了招待我们的远到，特别前往埔里一家野菜餐馆用餐。在那个年代，野菜作为一家餐厅的主题，还开设在埔里山城，颇让人吓一跳。我因而对这家餐厅的存在，以及主人的养生理念，充满深刻的印象。岂知，"九二一" 地震后，这家餐厅也被震垮，结束了营业。但我更未料到，当时经营野菜餐厅的这对夫妻，并未被 "九二一" 击倒。面对这突如其来的变化，他们反而更积极看待人生，继续待在灾区，协助比他们更需要照顾的孤苦老人。未几，当年野菜餐厅的老板娘陈芳姿，转身变为埔里镇菩提长青村村长。这个村是地震后一个新形态老人福利社区的实验点。

她的丈夫王子华，不仅善于厨艺，也喜爱捏陶。日后看她忙不过来，干脆也跳进来协助，以过去的餐饮经验和陶艺功夫，成为她的重要助手。这对膝下无子嗣的中年夫妻，经过人生的多次折磨，在老人身上学得智慧，也将他们视为亲人，疼惜地照顾着。长青村的老人照顾方式，获得多方的认同和赏识，声名亦逐渐传开，成为模范的安养中心。

长青村坐落的位置有些偏僻，就在六号高速公路下埔里不远，一块河床地上，隔着空旷的田野和乡间，和富丽堂皇的中台禅寺遥遥相对。此地原本是台糖的荒废土地，隔一条马路，就是坟墓区。"九二一" 地震后，灾民向台糖租用，暂时栖身。长青村仍保持地震后的组合屋外貌，可能是十年前至今，最后剩存的一批。在此居住

陈芳姿（前排中之女子）与长青村的社区老人。

者，都是灾后需要协助和照顾的长辈们。这群不同族群、语言、背景的老人，多时曾高达九十多人，如今还有三十多位在此生活。

村子的组合屋排成四列，中间形成三条可供人走动的巷子。村子里除了老人居住的住家，其间还有餐厅、佛堂、教堂、理容部、图书室、陶艺教室、卡拉 OK 娱乐室、艺品贩售部和行政办公室等，巷底则是一块面积颇大的菜园，栽植着各种蔬果。目前，约有八九位志工和行政工作人员，一起照顾老人。

早年，由于老人人数众多，光是每日的伙食就是一笔庞大的开销。最初，多数财源是靠社会各界的善心捐助。但他们也深知，不能一直靠这样单一的捐赠，必须另外筹措新的财源，更重要的是，把这儿兴建为一个不同于过去安养中心的生活环境，让老人生活快乐，充满尊严。

陈芳姿回忆，刚搬进来时，村子里可说是一无所有。简易的组合屋内只有床铺，

王子华与妻子一同守护长青村的老人。

椅子由铁桶充当，家具则从日月潭倒塌的饭店捡回使用。初时，还未铺设排水系统，一下雨，屋里便会淹水。他们必须逐一克服解决所有不便。而老人家也要克服生活习惯的障碍，彼此适应。

紧接着，他们尝试以最节省的方式，创造最大价值。首先，将村内社区绿美化、公园化。陈芳姿及工作人员竭尽心力，将每一块钱的功能用到最极限，用最少的经费，创造最大的利益价值。如今，在进入村子的主要巷道，一进去即可看到，工作人员和老人们一起布置的舒适空间。

巷子中间的走道铺起遮雨棚，却保持良好的通风，同时还栽植了百香果让其攀爬，以便遮阴。在南投艺术家的帮忙下，大家充分利用各种废弃物，做成巧妙的装置艺术。此外，大家都鼓励老人们栽植花卉，将社区整理得花团锦簇、美轮美奂。同时，村内也率先实施环保资源回收运动。

没多久，他们就将入门的巷道中庭，布置成咖啡厅，作为大家休息聊天的空间。若有访客进来，往往会获享一杯感恩咖啡，或自种的西红柿、百香果新鲜果汁。旁边则有捐赠箱，随你的心愿，看愿意奉献多少。两边的空地也摆置着各种艺品，义卖盆栽、幸运球、钥匙圈等物品。

更劲爆的是，墙壁上贴着字眼辛辣又调皮的海报。海报上告知着，这里还有 1929 年到 1936 年的"坐台小姐"。原来，长青村的婆婆、阿嬷都很喜欢和人聊天。如果客人愿意和她们攀谈，她们也会很开心，坐下来闲话家常。想想看，能够坐在全台仅存也最美丽的组合屋社区，悠闲地喝着露天咖啡，时而有老人坐在旁边闲聊，既做公益，又偷得半日闲，当为人生一大快事。

为求自力更生，长青村随即也在巷底开辟了菜园。他们鼓励老人以厨余施肥，种植有机蔬菜。老人们可以栽种自己想要栽植的蔬果。等蔬菜可以采收时，除了自己吃，还可以运送到市场贩售，赚取一些外快。除了种菜让老人们充满成就感，他们也提供各种花草植物，鼓励老人们莳花艺草，美化自己居家环境。这些都属于园艺治疗的范畴，在台湾岛内还很少有人实施。

除了园艺治疗，他们还想到陶艺创作。2003 年时，他们便成立陶艺教室，王子华也发挥陶艺创作的专长，指导阿公阿嬷学习捏陶。老人们一方面怡情养性，一方面灵活手脚。部分老人原本有轻微中风，借由捏陶动作，逐渐也达到复健功效。更有趣的，他们完成的陶艺成品，还可对外接订单，自辟财源，发挥多功能效益。有些作品就当艺术品摆置，结合社区观赏植物，成为实用的美观摆饰。

这几年来，经由大众传播媒体的呼吁，或者透过陈芳姿的个人人脉，长青村逐渐广为人知，也陆续获得各界的捐助和赞助，但陈芳姿还是常强调，关心与参与更为重要。她常邀请关心的团体前来走访，使其更加了解长青村的实际生活运作，以及它在未来社会可能扮演的位置。

长青村的照顾方式也获得年轻人的认同。常有许多年轻志工，乐意到此学习帮忙。在这里常有潜藏的再生生命，从老人的身上萌生出来，形成感人的力量。有一名年轻志工在网络上的留言，便一针见血地提道：

长青村里面有一股奇妙的力量，将所有人彼此连接，大伙儿愿意放下手边的工作，请假来参与这极富意义的伟大任务。

还有最重要的一段，他以感性的年轻语汇描述如下：

一大群来自四面八方不相识的人，竟然可以在短短的几天当中，变成好朋友，一种共患难般的情感的产生，也许是长青村的形成背景的一种情感发酵的延伸吧。我想，那股神奇的力量是第一个发出善念的芳姿姐和子华哥，引领了很多害羞的善念，让我们有一个可以深信不疑的印证和一群无限延伸的家族。

他们的努力不为别的，
只为了让老人家可以彼此相伴，在这里快乐生活。

    这对夫妇过去曾梦想着未来要开一家孤儿院。如今因缘际会，孤儿院没开成，反倒先照顾起老人来了。回顾这段过程，他们反而很庆幸，能在40岁做这样的事情。若是再年轻十岁，缺乏社会历练，可能做不好。但年纪再大一点，可能又没冲劲了。此时的全力参与，两人亦从诸多老人身上，学习不少社会福利这一门繁复的课程。

    综观长青村的照顾精神，最可贵的内涵，应是打破了现今一般老人照护的既有模式。它们尝试以非依赖性的老人福利社区作为主轴，重新实验将老人社区产业化，朝向自给自足。相较于欧美等先进国家，这类老人社区照顾的模式或许不乏实例，但在台湾还相当罕见。"九二一"地震至今，长青村朝一个"老人公社"，摸索这个可能的成功机会，如今屹立在埔里小镇边缘，成为许多社福团体和媒体参访的单位。

    这对夫妻又如何看待自己呢？他们认为这段时间的照护，不仅利用了社区营造的方式，也糅合了自己早年经营野菜餐厅的经验。他们在开创老年生活的另一种可能，不要做依赖性的老人安养，而是积极地朝老人社区福利产业化努力；让每一位老人在此安养之外，都可以重新找回生活的乐趣与价值。他们的努力不为别的，只为了让老人家可以彼此相伴，在这里快乐生活。或许以下陈芳姿的简单定义就说明了一切：

菩提长青村是老年人的幸福、中年人的福气、年轻人的责任。

基于这个美好的理念，他们在申请

信义房屋"社区一家"的补助后，举办了"社区世纪大婚礼"，邀请
长期关怀赞助长青村的公益夫妻们，回到长青村重披婚纱，由老人家
们为他们福证。一则表达长青村的感恩祝福，二来让老人家重新回温
人生历程。

透过婚姻的可贵与维系，整个社会亦能带动家庭力量的凝聚。自

成立以来，长青村即以全村是一大家庭的力量，完全免费服务失依老人。距离"九二一"的日子逐渐遥远，人们对"九二一"的记忆也愈来愈少。但在这儿，每年到了这一天，老人们都会集聚，举行追悼仪式。"九二一"是长青村的生日。他们是从这天开始，又有了崭新的社会生活。

不过，碍于法令政策，这个有活力的大家庭，却一度面临被断水断电、拆除还地的困境。所幸，近邻的暨南大学提出"长青村老人照顾综合园区实验计划"，才暂时保住了老人的家园。只是，随着"九二一"重建政策的完成，菩提长青村或许有朝一日会消失。然而，高龄化已是全球共通的问题。世界各国政府和民间社会都在思索解决之道。一个超越既有社会照顾模式的美好社区，若轻易结束营运，相信不是任何一个政策执行者所乐见的结果。长青村发展至今的经验，或许可以提供安养的模式，借以解决部分的老人问题。

长青村在与暨南大学的实验计划里，目前即以此议题作为核心，除了重新检视自己的价值与未来，更希望这种老人的照顾经验，获得更为美好的启发，可以承载下一阶段的台湾，一个很快就要到来的，高龄化、少子化的社会。

阳光与希望的起点

长青村的一群志工，在一次聊天中，谈到如果能够让自己和居住在长青村的长者重新披上婚纱，重温一次当新娘的喜悦，不知是何感觉。信义房屋的"社区一家"计划，提供了一圆梦想的契机。这个"超世纪婚礼"计划庞大，执行起来也繁复，希望把民间的结婚程序都重新来一次，包括婚纱照、新娘妆、迎娶的饭店、结婚礼车、结婚典礼，还有宴客等。计划中还设定婚礼当天要有一对真正要结婚的新人，然后婚龄不等的夫妻档。超世纪婚礼当天，近五十对的"新人"从化妆、穿婚纱、派出二十几辆礼车迎娶（与饭店配合），然后在埔里游街，之后来到长青村，再到设置在埔里花卉物流中心的礼堂举行婚礼，直到晚上的宴客，整个程序完整而不马虎。配合婚礼的摄影师，帮这些"新人"拍照时热泪盈眶，觉得拍婚纱几十年还没这么感动过。来年，长青村的志工又申请回娘家计划，其中有一对参加超世纪婚礼，已结婚十几年的夫妻当时膝下无子，来年回娘家时，已抱着小宝宝回来参加。

（社区提供）

上好一村No.10的所在

长青村位于埔里的篮城里。开车可由台十四线（中潭公路），经过爱兰桥抵达埔里镇中山路后，左转信义路，沿着信义路前进，左转中正路约五百公尺即可到达。也可搭乘客运，在台中干城车站搭乘全航客运、国光号、南投客运，于埔里总车站下车后，再转搭计程车。

偏远小乡的传奇

刘克襄

No 11. 云林县麦寮乡杨厝社区

少数人若有心，
在缺乏经费的偏僻乡野，
一样可以完成许多难以完成的工作。

首页摄影／陈建维　内文摄影／李玉清

两名老师

、十三名学童，还有百位村民，在台塑和麦寮之间的偏僻小村，不可思议地，创造了一个富庶而快乐的教育环境。这个机会是如何产生，又如何完成的？当我开车，沿着全台最靠近西海岸的十七号纵贯公路南下，接近土地贫瘠的麦寮时，好奇和困惑愈加增多。

杨厝是个缺乏自然资源，历史文化内涵亦不丰富的小村落。过去，居民十有八九以鱼塭之地养殖文蛤，再以文蛤生产的环境，饲养吴郭鱼和猪只。此外，一些干旱的地方，泰半种植花生。先天条件不足下，这个村子只能维持简单的生活。但杨厝如何挣脱贫困，成为一个令人称羡的社区呢？它的引爆点来自小学要废校。

原来，杨厝有一所小学，属于麦寮小学的分班。此地设有一、二年级，由曾云绣和林京桦两位老师任教。村里的小朋友升上三年级时，就得转回五公里之外的麦寮小学校本部上课。一间学校只有分班，位于偏远的小村子，在教育的资源分配上，县政府难免以教育成本考虑，因而萌生了废此分班的想法。

但村里的人获悉这个消息，都很难过。他们不忍心，未来的日子，一、二年级的学童每天都得辛苦搭车，在砂石车和水泥车奔驰的路上来去。再者，县府量化的教育思维，地方人士也无法认同。从他们的观点，小学不只是小孩就读的学校，它也属于社区生活很重要的部分。一个村子若无小学，这个小村就仿佛失去某一种欢乐和活力。于是，当废校的消息传开时，村子里的人也展开了抢救小学的行动。

　　当县政府派员专程跟村人报告，提出日后分班裁并后的计划补助与安置措施时，村里的居民强烈地反映了社区的心声。他们没有什么奢求，只想留下杨厝分班，再优渥的条件也不愿意接受。眼看居民反对意识高涨，县府提出了一个折中的政策，让两边皆有缓冲思考的机会。麦寮小学杨厝分班暂时留校察看一年，看看在社区的努力照护下，是否可能优质转型。此事搁置后，又过了一阵。

　　有一天，县府秘书带领评审委员，前来杨厝分班视察。看到废弃教室的天花板钢筋外露，一盏日光灯还半掉落地悬垂在空中。他们困惑地摇头，不太明白，村子里的人既不想废校，为何迟迟没有抢救行

动。原来，村人不是不展开行动，只是一直在期待政府的补助，打算等建设经费拨下后，再来筹划，如何整修教室。

经这一当头棒喝的质问，他们才惊觉，

就算日后有核定经费，以公家机关行政程序的缓慢速度，等到补助计划核定下来，恐怕还未尝试优质，早就被整并，走入历史了。

于是，当地的社造工作者吴丽玲找了几个热心公益的社区居民，主动找校长商量，决定自发性地，先跨出第一步再说。他们马上发动社区居民，出钱出力，开始整修县长口中，比猪舍还不如的废弃教室。这些废弃教室共有三大间。他们尝试着整修为舞蹈教室、书法教室和图书馆。

当然，三间废弃教室再怎么整修，也不可能有新教室光鲜。于是，寓教于工作，他们现学现卖，相互摸索扶持；两位充满爱心的老师带着十几个孩子和社区志工，一起在学校进行美化油漆。

在现在升学挂帅的年代，小孩化身为油漆工，无疑也是难得的学习机会。修建后，这些教室不仅让学童充分使用，社区住民亦可以借来办活动。紧接着，透过社区的宣导，家长和社区居民开始到学校学习书法、跳舞和练外丹功。没想到，经由这些文艺休闲活动的陶冶，社区住民变得很有朝气和活力，学生们也更爱上课了。

何以如此呢？原来，社区妈妈也扮演了老师的工作。有人懂得跳舞，每周日就义务来教学，将所学的技艺，逐一传授给杨厝的孩子，教他们如何没有压力地快乐跳舞。后来，有些孩子还真的跳出兴趣，一听音乐就不自觉舞动起来。在过去毫无承传的经验下，舞蹈悄然成为杨厝营造出来的特色之一。

又过了一段时日，他们特别请村里的地理师，挑选一个黄道吉日，召开记者会，还主动邀请县府相关人员、评审和地方记者。当天还特别广播，号召全村的人一起到学校煮汤圆、吃汤圆，参与社区志工举办的救校活动。

当天，杨厝分班的十多个孩子，共演一出社区话剧："杨厝分班的特色"，借由话剧告知所有评审，杨厝分班的地方特质，以及村人抢救学校的决心。同时，经由孩子们的表演，展现小校小班的教学品

踏出成功的第一步后，村人发现，尽管人少，
只要有心，似乎还可以做很多事。纵使在毫无资源下，
只要学校和社区生活紧密结为一体，很多困难都可以解决。

质。相关单位的领导也亲眼目睹，同学在此受教，吸收更多，更富有
想象力。

后来，吴丽玲把这个阶段实验的"互利共生的社区与学校"计划，
呈给县政府教育部门。很快即通过，优质教育转型计划，还获得教育
部门补助，继续推动活化校园空间的计划。杨厝人得知此一好消息，
都欢欣鼓舞，感动得热泪盈眶，此后社区的力量更加凝聚，村民也更
愿意透过学校的平台，参与社区的公共事务。

这笔意外的经费，学校和社区一起协商讨论后，决定用于

整修屋顶、改善排水系统、购买单枪投影机、充实图书室的藏书。他
们期待原本优质的教育，因为软硬件设备的添加，更加提升。2007 年
初，杨厝举办"杨厝清心过好年"的活动，苏治芬县长再度来访，对
杨厝的改变大感惊讶。她看了很感动，不但发红包，还主动致赠舞蹈
教室地板。

踏出成功的第一步后，村人发现，尽管人少，只要有心，似乎还
可以做很多事。纵使在毫无资源下，只要学校和社区生活紧密结为一
体，很多困难都可以解决。学校社区一家，学习的教室也延伸到校
外，分布在社区的每一角落。此后，杨厝社区的每一个计划，都会思
索着跟杨厝分班的结合点。愈来愈多社区外的人，也愿意付出心力来
协助社区。

　　有一对陈氏兄弟长年在外头定居，老家成为闲置空间。为了照顾村里老人，他们将房屋无偿地提供给社区使用，变成杨厝关怀照顾居民的据点。社区居民更同心协力，将旁边的猪舍，整修为杨厝生活馆和厨房。

　　中午时，杨厝分班的孩子和老师共 15 人，一起到杨厝关怀据点用餐。分班的孩子将学校每月固定配给的午餐费五百元，转到这边，作为补贴关怀据点的菜钱。杨厝社区首创老人与小孩一起用餐，经此交流，两个世代间也非常熟络。每个学童都是一家人。老人和孩子彼此间都非常熟稔，路上都会相互打招呼。

此外，一位蔡姓的居民将闲置农宅提供出来，整理后，作为搜集旧时耕作用具的所在，命名为杨厝怀古馆。许多外地来参观杨厝的游

上好一村 十八个充满阳光与希望的台湾小镇故事

客，都很喜欢这里。博物馆的展示物品，大部分只能看不能摸，但杨厝怀古馆的每一样东西，都能让分班学生亲自操作。杨厝分班的孩子们，也额外增加了又一个富足的乡土教学场域。

怀古馆旁边

还有一老旧的竹管厝。以前杨厝都是竹管厝，随着时代变迁，这间竹管厝成为杨厝唯一残存的竹制房舍。社区一些土木师傅，凭着小时候常看大人盖竹管厝的记忆，共同修缮这间即将垮下来的竹管厝。整间竹管厝的兴建，让居民和学校共同参与，还办理了竹管厝研习营。

除了闲置空间，有些仍在养殖使用的场所，也有其意想不到的教育功能。比如，母猪生小猪时，老师在获知消息后，便带孩童前往养猪场，观看小猪出生的情形。认识猪仔如何诞生，如何照顾，体验生命教育的课题。杨厝分班的社区教学环境，当然也不只这些，还有田园、林投树、后花园、活动中心、鱼塭公园等。综观之，整个社区皆是教室。社区居民都是乡土教学讲师、文化产物讲师和生命教育讲师。2007 年，透过"社区一家"计划提案，他们更如愿获得信义房屋的赞助，将简朴的校舍整修得更加美丽。杨厝分班变成麦寮周遭最美丽的小学，更加紧密地凝聚社区居民的心力。

杨厝经过此一蜕变，变成云林县的明星社区。一些年轻的家长希望孩子快乐成长，开始考虑把孩子留在这儿读书。甚至有外地人，获悉此地的教育理想，企盼着要把自己的孩子送进来。知道此一社区的

社造工作者吴丽玲，带领杨厝分班与社区一同向前行。

质素，一些在麦寮工作的人，也愿意在此购置房产。

社区和学校也提供活动的机会，暑假时，村里的青少年可以回来当志工，协助各种事务的完成。社区青年志工各尽其才，把孩子的寒暑假课程串满，既提供青年展现能力的舞台，又使原本不相往来的社区大小朋友，因此搏出好感情。除了乡土怀旧，整个社区亦有前瞻性的教育计划。云科大黄世辉老师帮忙杨厝社区申请研考会"资讯服务上网据点计划"。通过后，社区的电脑教室成立，同样的，提供杨厝分班的孩童使用，缩短城乡数字信息化的落差。

杨厝的各种环境资源，都远远不如其他地方，但它拥有一群无私美善的人。人是最大资源。杨厝的成功不是一个人的力量，而是社区一群人的努力。他们也没什么伟大远程的传奇计划，只是一群想到可以做什么，相互讨论觉得可行，便尝试合力去完成的人。

少数人若有心，在缺乏经费的偏僻乡野，一样可以完成许多难以完成的工作。透过学校和社区紧密的合作，杨厝创造美好家园的过程，无疑会带来深远的启发。

阳光与希望的起点

位于云林县麦寮的杨厝社区，于2007年提出"麻雀变凤凰，营造幸福之所在"计划。获得经费后的杨厝分班，校园绿草如茵、繁花点点。在社区居民的动员之下，教室整修计划得以推展，舞蹈教室、书法教室与图书馆的改装都包括在内。

整修后的第一件事，就是邀请全村一起到学校煮汤圆、吃汤圆，由杨厝孩子演一出社区话剧"杨厝分班的特色"，随后并举办"杨厝清心过好年"的活动，不仅拉近了杨厝社区居民之间的距离，更让杨厝成为云林县最快乐的社区！杨厝从营造杨厝分班开始崭露头角，温馨亮丽的成绩大家有目共睹，相信未来的杨厝会有更多美丽动人的故事。

上好一村No.11的所在

杨厝寮东与麦津村之保安林部落及仑后村为邻，南与麦津村及同村的外湖寮（义和）相隔，西和同为海丰村之中溪（中和）的杉仔脚为邻，北方和后安村相邻。从虎尾、仑背过来，经麦寮沿中山路西行，至品强加油站右转，沿丰安路北行约1.7公里即到，在丰安路左方。如从彰化沿台十七线，至桥头左转，经桥头市区西行过桥头小学，再西行过三盛村，就可看到往麦寮的路标；左转沿往麦寮的路标南行就是接丰安路，约1.5公里右方就是。

刘克襄

像红砖稳健堆高

No 12. 彰化县大村乡平和社区

（社区提供）

红砖造景将是平和社区未来重要的推广特色，
也会将大圳沟的美化和社区的凝聚力量，
堆栈得更加高稳。

首页摄影／陈建维　内文摄影／李玉清

车子沿着

八卦山山脚，一条蜿蜒的公路南行，一路经过许多农村古厝。公路的数字代号是县道一三七，很难让人记得。但另外一个有趣的名字，山脚路，就教人不得不侧目。顾名思义，此山路位于八卦山旁。我要去的地方叫平和，属于大村乡的一个社区。相对于山脚路，台湾叫平和的地方何其多，但似乎没有一个，让人有深刻印象。这一个平和社区又有何特色，竟让政府农业主管部门推举为农村再生计划示范社区，同时还受到信义房屋"社区一家"青睐，乐于赞助他们，完成美化环境的梦想？

平和是一个小型农村社区。人口不过四千多人，居民多以务农为生，生产以稻作为主。想到它受到如此多的推崇，再看着地图的指引，我的好奇愈加增强。车子从山脚路，经过一条粉鸟路，抵达拾柴路。一路上，这些名字都让我莞尔，充满亲切感。看到这些有趣的地名，我也知道，目的地接近了。顺势转个弯，就由拾柴路，绕进了村子。眼前是媒体报道的排水大圳沟。大圳沟和山脚路一带的范围即平和社区的住宅区，另一边从大圳沟继续往西延伸，连接到台一线，大抵是稻田。站在大圳沟的河堤，居高临下眺望，一望无垠的水田，点缀着农夫农妇佝偻的孤单身影。

以前，我最喜欢的乡村赏鸟环境大抵如此。这也是平和社区吸引外来游客的重要景观。不少稀有的冬候鸟，春秋过境时，在此意外现身，吸引爱好自然的摄影者争相前来拍照。清明时节，路过八卦山的南路鹰，也会在此凑一脚，经常盘旋平原上空。

但它更迷人的风景是花海。此地一年二期稻作，到了十月底收割休耕后，农夫固定会洒下各种花卉的种子。到了年初时，平和的稻田变成油菜花、波斯菊、向日葵和小油菊盛开的缤纷花海。社区也年年主办花季、焢窑烤地瓜等活动，吸引各地游客前来。

只是这样的绮丽景色，或者赏鸟、焢窑之类的活动，别的社区也能举办，平和社区只以这些元素，就能获评为大家期待中的好社区？当然不是！我沿着大圳沟徘徊，注意到了，中途还有一些观景凉亭，大圳沟旁也

平和社区辅导理事长郭加图与妻子的合影。（郭加图提供）

添增了不少红砖地景的艺术，但就因为多加了这些装饰吗？我更不以为然。继续信步，踏抵大庙。庙前正在热闹地展开"三对三青少年篮球斗牛比赛"，社区里的年轻人几乎都集聚到此，专注地观看球队的比赛。其实不止今天，从暑假开始，很多人没事做，都在此篮球场苦练，也都在等待这一天的到来。

除了年轻人

集聚在此，不少大人也前来关切，有赞助奖杯的民意代表，还有卫生单位搭了棚子，在此宣导不要吸毒。更有社区义工到来，协助比赛的顺利进行。后来，社区辅导理事长郭加图带我穿过球场时，悄声跟我说："刚开始举办斗牛时，社区的人都以为我正事不办，只会办青少年篮球赛，没什么意思。但现在大家都知道篮球比赛的意义，让我们

的青少年在暑假有事做，不会游手好闲。"

　　郭加图是何许人呢？其实，我们以前早就有些渊源了。1970 年代起，他和老婆喜爱摄影创作，经常投递许多稿子和照片给报纸副刊，而那时我刚好也在报社任职。我们席地在他开辟的桃花园小坐。这处巷子的小绿地种植了不少杏花，社区里任何人都可以进来休憩。其中一角，还提供给社区阿嬷们栽植自己喜欢的药草。前几年，他曾以此一花圃写了小故事，获得一项美好社区故事比赛的大奖，平和社区的佳话又添增一桩。当然，写作只是他的乐趣而已，重点还是在于，他跟村人如何协力改造社区。

尽管有一条大圳沟，贯穿社区，由于它的功能

为排洪，社区的人大抵是漠视的。久而久之，便成为飘浮着垃圾、丢弃死鸡死猪、沟内杂草丛生的污浊之地。以前外地人来到平和社区，映入眼帘的第一印象，泰半也以为，这只是一条脏乱的河沟。然而，没多久，事情就有了不同的发展。此一转变，因追溯自 2000 年底。郭加图接任社区辅导理事长，在社区内举办了"平和灯节"。在这场庆祝元宵的活动里，社区原本的用意，只是想借着提"鼓仔灯"找回儿时的记忆。但在游逛大圳沟时，大家清楚地感受到它的脏乱。受到那次活动的刺激，他们决定改造这条穿过社区的大河。

　　首先，他们自创了一条平和号环保船，在河中梭巡。环保船有多

（社区提供）

（社区提供）

（社区提供）

大呢？其实，它这只是一条小胶筏而已。此船的象征意义或许更大于实质，但他们还是运用环保船来回，清理河中的污泥和垃圾，展示清理的决心。紧接着，在河堤两岸，设法栽植小叶榄仁和台湾栾树。还有透过各种管道，取得各类花卉种子，沿河堤施撒。日后，树木长高变成绿荫，河岸随时盛开着各色花朵，让脏乱的河堤变成美丽的自行车道和散步走廊。

经由大圳沟的整治，社区形成了一股向心力，开始筹组"社区志工服务队"。最初，在没有政府公部门的补助下，服务队就拥有70多位志工。他们以社区自身的力量，默默地进行改造。关心的触角，伸入到社区的每个角落。一些闲置、脏乱的空闲，经过长时间的关心和整治，逐渐美化成花园。未几，平和社区的努力，博得了政府单位的注意和肯定，还获赠奖金。

有了这笔意外之财，他们得以继续在大圳沟选

择适当的景点，完成两个远眺稻田平台景点的改造。他们也充分利用政府微薄的补助，在社区内挑定几处景点，局部改造为小型绿色公园。最重要的就是"发现桃花园"的计划，我和郭加图在露天的草坪上聊天的地方，就是改造的结果。

在大圳沟以西，耕作的稻田区，郭加图也认购了一块地，当作生态菜园。邀请社区志工，栽种各地不同种类的水生植物，同时欢迎游

客前往观摩和学习。在这块被稻作包围的一角，他们试种了一块稻田。这块稻田很特别，又分成好几区。每一区，刻意选择不同时间，栽种秧苗。日后，稻田里就有不同时期的生长内容。外来的游客到此参观，随时都能看到水稻五态的成长。

同样的创意，也在瓜类的身上运用。另一角，架起瓜棚走廊，让南瓜、丝瓜、苦瓜等瓜类爬满瓜架。游客可在此认识各种瓜类。香蕉亦然，他们利用斜坡，把各种香蕉品种栽种上去。此外，未来他们还准备利用大圳沟，杂草丛生的河岸空地，栽种各种花艺和蔬菜。

其实，外来经费的支持，或者个人创意，都还不一定是最佳助力。最感人的，也不是获得公部门的肯定，而是社区的人同心协力。纵使一个人没有时间出力，也愿意改用其他方式出来支持和认同。

比如，他们曾执行了另一个充满创意的抢救老树行动，获得了信义房屋的赞助。话说这个故事发生的过程，简直如百年前的民间神话，有一段不可思议的传奇。更意想不到的，这个故事竟是在两年前才发生。原来，在大圳沟最北端，和花坛乡交界的地方，有一座绮丽的福德祠，倚畔在一棵大榕树下。土地公庙因年久失修，面临拆掉重建，抑或是整修即可的两难状态。社区里的人，分成两派争论不休。有一天，当大家集聚在庙前，继续此一议题。讨论方酣时，突然间晴天霹雳，庙旁的大榕树竟倒了下来，断成两半。众人被这不可思议的情景吓到，咸认为这是神明的意思，此后再也不敢提拆庙之事。原本，大榕树周遭杂草丛生，堆置了不少垃圾，形成废弃的小土堆。榕树这一倒，村人俨然获得启示，才决定以大树为主角，申请一笔款项，整修附近的草坪，让此地成为公园。如今，小土堆旁，又有一棵小榕树长出，象征新一代的承传，意义更是非凡。他们也试着把此一大树和土地公的传奇宣传出去，希望透过此一过程，让更多人知道此一故事的深远意义，不只在提示抢救一棵老树的意义，主要还是社区的永续经营。水稻、大圳沟、桃花园和土地庙之后，还有什么具有代表性特色的物产呢？若问当地人，如今应该都会遥指砖窑厂吧！

　　早年大村和花坛一带都是砖窑厂。两地总和约有六七十家，烧制一般建筑用的建筑砖。现在红砖产业没落，只剩下两三家。平和社区内的大合顺砖厂，便是其中之一。晚近，这家砖厂打破传统红砖的制作，研发生产景观和水土保持等用途的陶砖，全台各地可见。

看到砖窑厂的没落，郭加图很感到惋惜。他深

知，这是平和社区独一无二，别地难以取代的特色。过去，他们即以红砖造景，在社区各个景点和大圳沟展现，形成平和的特色。

　　晚近，他又有了极富创意的想法。经过社区的认同，他们跟附近的一所大学一同合作，举办砌砖的创意比赛。准备邀请年轻学生来大圳沟，铺设砖墙，展现自我砌砖的造景美学。郭加图充满信心，红砖造景将是平和社区未来重要的推广特色，也会将大圳沟的美化和社区的凝聚力量，堆栈得更加高稳，使其充满独一无二的地方特色。

阳光与希望的起点

2004年暑假，当时的彰化县大村乡平和社区社区发展协会理事长，因为刚出嫁的
女儿想购买一栋"属于自己的家"，而陪着女儿去了一趟信义房屋彰化店。临
去时，服务人员递上一份"社区一家"赞助计划。由于当时平和社区的社造工
作刚起步，公部门的补助杯水车薪，因而提出申请，并在2006年以"一邻一
景点、家家户户是花园"的农家景观聚落再造企划获得补助经
费。自此更深切思考平和社区的未来。

例如，除了河堤景观营造，更要注重社区周边农村聚落的再
生，并以社区红砖产业来营造社区的特色，推出"砖美于前：
社区产业红砖景观营造计划"，希望使平和社区的未来风貌深
具聚落文化气息。

（社区提供）

上好一村No.12的所在

前往位于彰化县大村乡的平和社区，可经高速公路南下，由彰化交流道经省台一线，经花坛
乡约两公里；或由高速公路北上，由员林交流道转台一线，经员林镇北上两公里可达。

我在这里看见希望

刘克襄

起初，拜访第一个社区时，难免怀着采访报道的心情，事先整理许多资料，思索着写作的角度等；但一开始接触后，紧接着的行程，便充满愉悦的学习心情了。

〔李玉清摄〕

后来，我尝试着以旅行的角度，观察每个社区的变迁和改造。它们是旅游指南绝不会提及的地点。我们抵达那儿，多半无绮丽的自然景色。但何谓旖旎的风光，主要端看我们看待事物的角度。

我们参访的可能是一间寻常小学的生态花园、一所闲置空间改建的小公园，或是一条平常小溪沟的新气象。这些寻常的地点，乍看普通，唯当我们了解其背后的故事原委，再看待它时，就会产生莫大意义。

走访社区，最感人的部分，更在于人心，而不只是事物和环境的变迁。我发现，每一个社区改造最成功的关键，都在人的身上。

这个人不一定非得是专家学者，往往一个寻常的社区居民，就能成功地扮演登高一呼的角色。只要他愿意学习，以及付出，都有机会在服务社区的过程里，获得生活意义的启发。

当一个人愿意热心投入，以无私的精神奉献乡里，往往会感动周遭的乡民。进而引发大家的相继投入，在齐心协力的过程里，完成许多困难的任务，更带来了整个社区的质变。

经由不同的人物、不同的社区，带来的多样面貌，这种生活价值的日积月累，我们也悄然看到了，岛屿未来的希望。

林文义

追随他们走过由萧索转为新而美的社区，
糖厂旧铁道蜕化为静美的公园，植栽不只是花树，
且是经年累月以奉献无私的乡土之大爱，
老人照应，眷村成乐土，以故事慰人希望，
戏剧教育深入学校、社群……由梦成真的过程。

不是离乡人 林文义

No 13. 台南市北区长荣社区

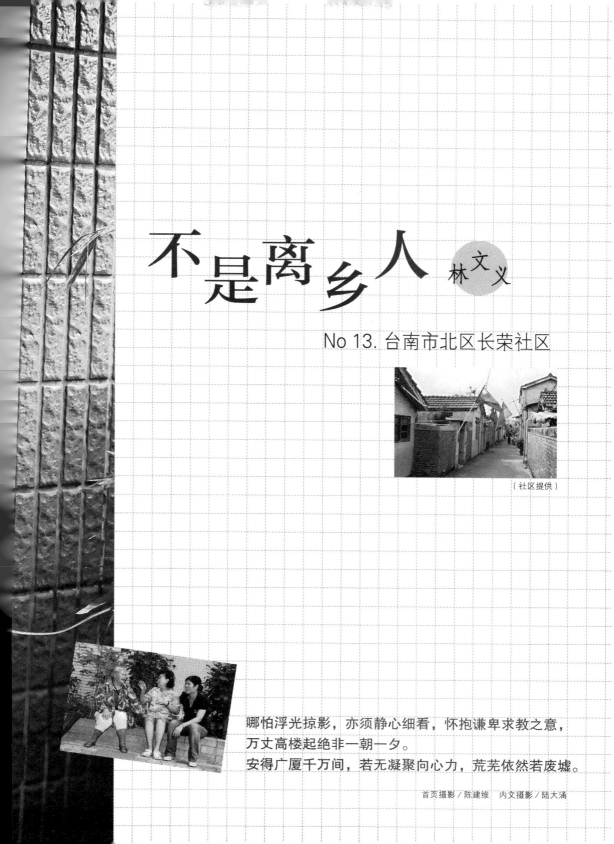

（社区提供）

哪怕浮光掠影，亦须静心细看，怀抱谦卑求教之意，
万丈高楼起绝非一朝一夕。
安得广厦千万间，若无凝聚向心力，荒芜依然若废墟。

首页摄影／陈建维　内文摄影／陆大涌

但见数列折扇

"啪——"齐声同鸣地开出一片红。老先生、老太太一派气定神闲地适然，仿佛已是再熟稔不过的早课，教学老师沈定双眸，扫过全场，唇畔的迷你麦克风轻吼短句，坚决却语带温柔，大约是指正扇舞的动作是否合宜，这二十多人的学员依循口令，舞得更认真。

仿佛欢迎式，绽开一朵朵喜气红花。访者的我方从高铁台南站下车，转乘接驳巴士，在预定相会的成功大学自强校区下来。午后秋老虎的艳阳高照，使人不禁微汗，眯眼一看，尽是府城红得奔放的一树凤凰花，不待细赏，接驳巴士旁已静候一部银色福特车，利落女子：潘美纯。

人说，从声音可以辨其人。未抵达府城之前，仅以手机联系，潘美纯豪迈的笑声与话语数句，大约为我勾勒出某种典型；但我还是多少误判了，至少一直认为这女子当是地道古都府城人氏，她却自我介绍，来自东北台湾宜兰。上车，自然地彼此交换名片，才发现这人来头不小——

台南市北区长荣里里长
长荣社区发展协会理事长

我说"来头不小"，并非因之名衔权责，而是行前多少做了功课，至少知道走访之人、事、物若干。终究曾经置身于新闻工作凡近二十载，只重虚名，不务实质之辈，看过太多，只会作秀不会做事，就算贵为"总统"，我这生性固执之仗笔维生之人，亦不思挪近，浪费时辰罢了。

她是喜欢默默为土地做事，而不凸显、逾扬自身之人。位于台南市北区长荣路五段与开元路交叉街角，所井然矗立的成列壮丽居家大楼，名之：长荣社区。如我这外地人匆匆路过，当会欣美于其整洁、大器之"豪宅"误认；资料所陈列的简介明示，"社区主面积 0.06 平方公里，是一个眷村形态的都市型社区，为因应眷村改建，新兴公共房屋的建设与搬迁，而使原有居住形态由平面化社区转型为高层集合住宅的新兴社区之大型眷村社区"。眷村蜕变为大楼？果真不来者不识。

不来者不识，初访者陌生。哪怕浮光掠影，亦须静心细看，怀抱谦卑求教之意，万丈高楼起绝非一朝一夕。安得广厦千万间，若无凝聚向心力，荒芜依然若废墟。

纵是一生文学书写之人，行访亦要求其沿革根源才是。这被文化主管部门、台南市政府乃至民间挹注于社区营造计划之信义房屋"社区一家"赞助计划评定为："典范"的良所，在众所惊艳、欣羡、研习之外，时间挪前十年，却是典型的眷村住民所

长荣社区发展协会理事长潘美纯。

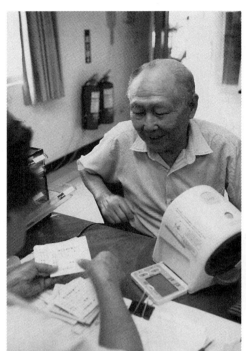

（社区提供）

不敢想望的理想之乡，昔人的"眷村"印象。

黑瓦、红墙，狭隘巷道井字纵横，侯孝贤导演

的名作《小毕的故事》可做代表。眷村女孩被"竹篱笆"外的本省男孩追求，好了，怎可如此？那些"土台客"竟然侵门踏户、入侵眷村，我们父叔辈的最后堡垒，还要跨海回大陆的思乡远梦，怎容许本省人向我们姊妹示爱求婚？于是，电影里，眷村巷弄就演出追逐打斗，匕首棍棒齐飞，眷村男孩怒发冲冠，外来的本省男孩噤若寒蝉，奔逃在犹若迷宫般的眷村巷弄之间，急欲寻以出口……

寻以出口？朱天心小说《想我眷村的兄弟》已经明示困境。军旅一生的父叔辈，自围于一个在1954年就被蒙骗的谎言（美国明令蒋介石放弃反攻大陆的企图心），年轻一代的眷村子弟，直到外出升学、就业，这才真正察觉"竹篱笆"外的世界何等广阔……却多少纠葛于一种认同问题，爱上本省女孩，娶了本省媳妇，慢慢地用心认识台湾。

犹若长荣社区里长、发展协会理事长，以真情服务，爱心自信，微笑爽朗的宜兰女子潘美纯而言，青春少女时代，与憨直、诚挚的文化大学学长，亦是前里长、前理事长曹森先生相恋，追随丈夫回到这离乡500公里的台南府城，成为典型的本省"眷村媳妇"，相信她亦用心、认真地学习与认识古老眷村50年的文化与生活形态。

因为用心，因为投入，所以潘美纯继承病逝两年的先生遗志，想是哀恸难舍，却以最决绝的奉献，造就社区之华。

　　如今犹若人间乐土的长荣社区，高达 1300 户，共计 3500 名居民，几乎是台湾偏远地区一乡之规模。据她所言，非眷村外来住户约 1/6，多数为本省籍年轻家庭，相对知识与现代生活品质之提升，与社区父老前辈分享孺慕，潘美纯之扮演桥梁、融汇之功，自不可轻略。

曾经近在咫尺

，又仿佛远在天涯，分散于附近各处的眷村，迁徙群聚于 2003 年新建完成的长荣社区，其生命欢喜之情，当如人生再造新境。一个现代的安身之所，永远的家园，且可相伴回首，记忆等同。他们不会忘却往昔风雨共度的眷村名字：

乐群新村

实践二村

富台新村

光复新村

中兴新城

自强新村

自治新村

慈光十三村

慈德二村

卫民新村

虽说竹篱笆外的春天很吸引人，春天也曾经温馨在竹篱笆内。岁月宛如逝水，青春俊秀的少年军人，亦随年华逐老，从已烙刻一生印记的旧时眷村迁出，追寻长荣社区最初之功能，常人理所当然是"公共房屋住宅"的固定形态。亦就是说，硬件建设完成，再来是如何经纵使行动不便，亦在"健康的老人照顾不健康的老人"的观念下，相互扶持走出家门。

老人们忧愁渐少，笑意多了，幸福慢慢降临。

营软件思考，诸如人文、医疗、卫生、安全、便利；重要的是怎样赋予住民一种得以归属、安身立命之认同与珍爱。社区营造非为植树栽花，环境美化、气定神闲、身心愉快、住民和谐是首要。

老先生
毕竟陌生于新居内外，过街竟遭来车撞伤……老太太忽住高楼层，昔之眷村虽然简陋，终究推门外出，鸡犬相闻，门窗不掩，隔邻话家常，多么亲切暖心；半生比邻，情同姊妹弟兄的眷村知交，这下分住不同楼栋，咫尺成天涯，相约，就中庭花园见吧，似乎再会又是数天之隔。老太太从怔忡转为忧郁，竟然跳楼以死明志……

从已故的曹森先生到今时的潘美纯女士，仿佛是上主派遣而来的使徒，这对以大爱许诺于长荣社区的伉俪，苦思竭虑，忖想：如何协助老人们有个真正快乐、安适的晚年生活？这必得从心底出发，说服、解释自是不够，那么心灵的安顿、社区的参与，应是老人们惆结之出路。安全及心理建设的问题，必须透过社区组织机制。提前执行社区照顾工作，就是让老人家仍能维持过去眷村生活模式。到邻居串门子，一起下楼散步，纵使行动不便，亦在"健康的老人照顾不健康的老人"的观念下，相互扶持走出家门。这一充满温暖、动力的创举，竟引起社区住民一致的响应，老人们忧愁渐少，笑意多了，幸福慢慢降临。

白天必须出外工作的住民，留下老迈或行动迟缓的长辈该要如何？最初社区代订外送便当，但总不能每天都以单调的便当充饥，新鲜菜色、营养补充皆是家中父母或独居老人之必须。"长青食堂"诞生了！35 台币得以吃到丰盛而新鲜、营养的午餐，行动不便的独居老人，更由社区志工亲送到家。想象一幕温馨的老人餐会，亦是聊天话旧的美好时光，餐后回家小睡，何等闲适、意足。

老先生、老太太惯于早起，就在社区中心常设"长荣健康管理站"，量量血压，翻看报纸，多么清静怡神。待向晚下班回家的眷村

由眷村的老照片，可一窥当年的风华。（社区提供）

二代、三代儿孙，就着黄昏暮色正好，相伴在宽阔的中庭花园散步、遛狗，亦是天伦之乐。

医疗协助、紧急救护、关怀问安，此为社区服务老人之重点。其平时健康咨询，慢性病处方笺服务并送药到家更是不敢轻忽，而这已是社区常态，允为住民生活熟谙之识，年节时分，欢乐歌舞、京剧、电影更如嘉年华会。

不再是离乡人，而是真正在地的家园归属者。我告别时，潘美纯送给我社区的丰富资料，就盛放在一个米白帆布环保袋里，我随手取出看到一段文字——

  ……"我喜欢住在这里"

  因为……

  这儿幸福满满

  快乐也满满……

阳光与希望的起点

2003年，对长荣社区而言是最辛苦的一年。从眷村改建成公共房屋大厦，一方面要帮助社区将近千位老人家适应环境的变迁，另一方面还得解决新旧眷户间因为改建条例适用不同而造成不公的冲突问题。听闻信义房屋有"社区一家"赞助计划，正可在解决社区问题上派上用场，于是首先以"我们都是一家人：眷村生活与文化"为题申请经费，透过"文化就在生活长巷里""欢喜迎新友"等活动，促进新旧住户居民间的互动，打造互助型社区。之后接连以"我们都是一家人：营造开元地区长青颐养生活圈""咱们社区做十六岁：走过社造十六年成果回顾与醒思"等企划获得赞助。

从"新村"到"新城"、从"播种"到"开花"，回顾五年来"社区一家"赞助计划陪着我们前瞻愿景也陪着我们回顾成就，真正成了长荣社区的好伴侣。其实投身社区营造的初衷很单纯，只是想要打造长辈能颐养天年、妇女能就业又安全、学童能快乐学习成长的生活环境，每个家庭充满和谐、每个居民快乐共同生活的人间天堂！

（社区提供）

上好一村No.13的所在

长荣社区位于台南市北区长荣路五段，开车可由一号高速公路下永康交流道后，至公园路遇长荣路左转；或是从仁德交流道下，遇长荣路右转。

（社区提供）

她的唇语，你的童梦

林文义

No 14. 台南县永康市故事人沈采蓉

（沈采蓉提供）

（沈采蓉提供）

深谙成长过程的难言与孤寂的一颗慧黠之心，
终于以她不流凡俗的故事专长，
带来更多喜悦与关照。

首页摄影／陈建维　内文摄影／陆大涌

腼腆的

车站副站长，静静伫立在月台的末端，晚霞满天，已惯于在这城乡接壤的工作所在，默然工作，铁道员不必多话，只要专神凝注南来北往的列车抵达或离去，准时为工作要则，长长的铁道在目极之处转弯，仿佛就是另一个遥不可及的海角天涯，落日在轨道间烁金泛亮……瘦长帅气的副站长微笑，笑得有些羞怯，对自己。

他想到一个十多年前在列车上初识的女子，他是列车长，女子是随车服务员（莒光号或是复兴号），粉红色制服，高的身子，总是很活泼、健谈、秀气、爱笑，一双大眼睛，喜欢瞅着他，列车长从年轻腼腆到现在两个孩子的父亲，还是尽责于铁路局一份稳定的职业。

秀气、爱笑的女子穿过一节又一节车厢，轻盈地推着堆满饮料、零食的餐饮车，好听的声音招呼两旁醒着或入睡的旅客："要不要吃点东西？喝点饮料？"可爱而单纯，想是纯朴的女孩，后来就成了他的妻子。

钟爱的妻子，有时会搭列车从长长的铁道那端回来，轻盈地下车，丈夫一身深蓝制服，红绿镶金的制帽下，是欣慰的一抹充满爱意的微笑，依然是一向地腼腆……

说完故事了吧？巫婆妈妈没有魔法扫帚可以恣意飞行，却是有魔法般迷人的语言魅力，啊，擅说故事的女子。这擅说故事的女子，名叫沈采蓉。名如其人，夏季灿烂、盎然亮丽的荷花如焰。每一片张开之瓣，都向这纷扰多端的人间，静静亦热闹地传递一种关爱与梦幻的雅音。

　　这必得从她所居住的台南永康社区说起。声音在之前是工作所需，像在补习班柜台、东帝士企业做总机接线员等。你一定不相信，童年时代的沈采蓉是多么沉默，一双大眼睛，静静、安分、认命地活在并非快乐的生活里。她是父母第一个孩子，父亲开电器行，母亲开美容院，严厉的期许与教育方式，自然让生性期盼自由自在的小女生沈采蓉感到一种制约与压抑，父亲就曾将她逐页循图印证文字的绘本扔掉。许是双亲认知，除学校课业之外，这些与升学考试无关的书册均被看作毫无帮助的妨害，但对采蓉而言，这是心灵接触美感的最初出口，梦的起点。

很多年以后，有着沉默、忧郁

童年的女孩，成为妻子、母亲，深谙成长过程的难言与孤寂的一颗慧黠之心，终于以她不流凡俗的故事专长，带来更多喜悦与关照。

　　就从医院的安宁病房开始。慨然于人世终程，最后残余的有限时间，想已认命的即将辞世的病者，仅盼望有一双温暖的手，轻轻地、静静地将之接走，

以当个故事人为终身职志的沈采蓉。

到一个不再苦痛、忧伤的净土。沈采蓉这一次，可能不再是戴着她深具招牌式的巫婆尖帽，这百变的故事人，可能就戴着犹若星星、水母、生日蜡烛造型的彩色帽子，带着绘本走进来。

安宁病房，所有的老小，原先静谧的冷冽，逐渐暖烙晴亮，如午后秋阳悄然洒入；说故事的女子，时而欢悦，时而喟叹，然许是病者们少时熟稔的传说，棒棒糖般甜美的童时梦语，给他们一份最真心的抚慰与伴随。原是绝望、无神的眼眸亮了，紧抿、插着维生系统道管的干涩唇畔，因为故事的精彩，竟也不自觉微微笑了，还有人哭了……

有一次，沈采蓉所说的故事是"大海"。在渔村的庙口，穿戴红花布巾、裹以斗笠的老阿嬷好奇挪近倾听，也许这劳碌的一生，老阿嬷都不曾好好地听过一次故事吧！听啊听，终于忍不住流下眼泪，老阿嬷说："汝好会讲古，让我想起多年前命丧船难的丈夫……"同样体裁在书店、在社区活动中心，有人忍不住紧握故事人的手，亲炙感动地说："很想带着孩子，到'秋茂园'去看海。"故事的力量真大。

沈采蓉

不独是单纯的解说者，巧思的她会在不同的场所（诸如学校、书店、文化中心、渔村、农乡、都会百货公司、医院等），借之相异情境有全然令人惊喜的创意。你相信，故事人生涯初时，她如何以莫大的勇气，在火车上，向乘客开始说起故事，甚至她在拥有"街头艺人"执照后，就决定在大庭广众之下，毫无惧色地"全民开讲"，街上来回穿梭的人们，好奇地时而疏离，时而群聚，这头戴各式奇异犹若化装舞会行头的利落女子，究竟如魔法师般地，要以唇语呈现怎样的异想世界呢？多少还是会羞怯的沈采蓉大声地事先宣告——

这样吧，你觉得故事好听，给五十元，不好听，就十块钱好了。

故事未开始，就来个这般谐趣的允诺。其实，这女子内心住着一个"永恒的小孩"，自始相信：透过说故事，相对能够看到听众的内心；就说冷漠吧，孤寂吧，每个人都紧锁在幽深的城堡中，她要为人们启开，让纯净、天真的童心回来，让失去许久的梦如阳光闪烁。

如果，将来能够有一辆小小的厢型车，
满载绘本及故事，山边海湄，皆能向大人、小孩说不完的美丽故事……
这美丽的唇语，正是我们失去的童梦。

依靠唇语与童心

，故事人沈采蓉，你自己的梦呢？"其实，是要给孩子们有个美丽的童年啊。"她说。说故事以志业多年的她，眼里隐约闪亮未盈的泪光，未语的，是自我不愉快的童年吗？想起大文豪海明威之名言："每位杰出的创作者，大多有个孤寂的童年。"

而今，沈采蓉的双亲，多少已了解这少时沉默、而今擅言的女儿，其实有着与生俱来的艺术心灵。诚如沈采蓉所盼望的，能说故事给很多听众感到幸福，毋宁亦是与父母和解的初心用意。一向腼腆的铁道员先生，多年来除了默默鼓励支持，亦陪伴这出色的故事人走南往北。沈采蓉笑说："有一次，先生在我说完故事，全场一片欢笑、掌声热烈响起时，拿起相机留下纪念，惊喜地问：'你怎么能把故事说得这般有趣？真好笑呢！'"说完，沈采蓉兀自笑了起来，颊色竟少女般羞红了，这是爱情。

最初，从社区出发，从最接近永康家居的二王小学，扩展到永康市乃至台南县市的学校。有位校长提议："你就教孩子们读《三字经》《千字文》吧！"沈采蓉没有兴趣，那些"人之初、性本善……""天地玄黄，宇宙洪荒……"怎么成为故事，与现代社会教育相合？勉强妥协，以故事形态向孩子们解说《唐诗三百首》。她先去附近的大卖场，买了几顶99台币的巫婆帽，就揭开仿佛英国家喻户晓的"玛莉·波萍丝"魔法保姆般的传奇。

背包里总是带着故事绘本，是这位"巫婆妈妈"的巧思；灵感之源，不是以她好听的台湾国语念一次或像寻常说书人，她的十指犹如仙女棒，伶人般地连说带演，在台南海岸的北门、七股，面对保护区的参观群众，遥指那春、夏之交前来避寒的北国候鸟，故事人就成了近在眼前的黑面琵鹭，说鸟的长喙犹如饭匙，羽毛就像北方的雪。

她特别提到，最感动的绘本是《纸戏人》：

……许多年后，年迈的阿公，回到昔日常向一群小朋友说故事的公园，回想时以温暖的爱心，勾画一个个美丽的神话与传说，而今所见，昔之静美街巷附近已然是工厂烟窗，卡车轰然来去；美好回忆逝矣，静静地思索之时，已成大人的昔日小朋友逐渐出现，环绕于阿公略带感伤的身前，举目竟是温馨……

这是沈采蓉心向往的情境。这动人的日本绘本故事一次又一次，是她最乐于诉说的美丽主题。

近年来，她申请到信义房屋所提供的社区发展赞助基金，奔走在永康市家居左右的中兴里、二王里、六合里等地，积极地化梦成真地从家门口的车库出发，她的故事不只是借之唇语，更有着小型社区嘉

（沈采蓉提供）

年华会的企图。

　　巷弄封街，搭建舞台，愈夜愈美丽。找出社区里的音乐家共襄盛举。这意外的美好心意，多少还是让街坊邻居感到突兀不解，沈采蓉心知必得以实际行动说服一向保守、禁闭的左邻右舍，先生伴着她，广发晚会传单，甚至逐家拜访，还被恶犬追逐，但意志坚定的沈采蓉，一定要将美好温暖的故事传递给社区街坊，犹如报佳音的天使。

　　每月一晚，故事之华宴即将展演。好了，舞台灯光一开，竟无人聚集？岂能因之灰心，这积极的故事人手持扩音喇叭，就循社区巷弄，逐户广播……紧掩的门户一一打开，许是好奇，许是感受到她的殷切诚恳，终于，怯生生的邻居们逐一现身，人是会被某种情境与热情感染的，虽然还是有人未参与，但并不代表不支持。

月正好

，夜未央，民歌手弹起吉他，热情的非洲鼓澎湃，西班牙般的氛围浪漫，愈来愈多的街坊邻居，笑逐颜开，乐团奏起《月亮代表我的心》，大家自然跟着唱。戴着七彩小丑帽的"巫婆妈妈"沈采蓉准备说好听的故事啦！

　　如果，将来能够有一辆小小的厢型车，满载绘本及故事，山边海湄，皆能向大人、小孩说不完的美丽故事……这是沈采蓉的由衷之梦，相信亦是所有听众，最最期待的一次心灵飨宴，这美丽的唇语，正是我们失去的童梦。

阳光与希望的起点

自己一直都在学校为小朋友说故事，在这样说故事的过程里面，开始觉得说故事这件事其实很有趣，很能够带动自己的感动和生命力。所以，我常在想，如果把说故事这件事情带到自己居住的社区里，那人跟人之间的疏离和温度会不会更亲近一些？有没有这样的机会，为自己的社区多做一些事？我觉得一个人的"心念"很重要。愿意"去做"的坚持也很重要。相信"自己"可以为这个世界带来一些美丽的改变也很重要。因为这些心念和信念的促成，我当下决定以"沈采蓉"的个人名义申请"社区一家"赞助案。然后，就这样一步顺着心意、通过面谈，而获选上台领奖。过程中，每一步这样踏出、体验，其实，对我来说，充满感谢。

很多时候，我觉得活动往往就只是一个活动而已；重点在于，这个参与的人如何在参与的过程中发现自己"自信与勇气的增长"，这才是更珍贵的。（沈采蓉）

上好一村No.14的所在

中兴故事巷位于台南市永康区的中华路二一六巷内。南下可由中山高速公路由永康交流道下，经中正南路（往台南市方向），左转中华路，经过奇美医院后，左转中华二路（左手边是五王小学），过中山东路右转后，右手边即可转入二一六巷。

茉莉闪烁近湖岸

林文义

No 15. 高雄市三民区宝华社区

每一棵树都是社区住民眷爱如家人的深情，
逐日灌溉、修整，这里犹如美丽的森林花园，
静谧的安身立命，各有所属之归向。

首页摄影／陈建维　内文摄影／陆大涌

2004 年 9 月 4 日，《自由时报》高雄地方新闻刊出了信义房屋"社区一家"赞助计划的新闻。高雄市由宝华及另一优质社区入围，两者皆卯力争取最后的决选。

10 月 28 日答案揭晓，宝华社区以"清净宝华、社区总动员"计划案，终于获得赞助，在全台湾 569 个社区申请案中脱颖而出。

此一计划案之构思，来自宝华社区发展协会理事长王瑞成。他绞尽脑汁，着手研究该如何提出一份完美创新的计划书参与此一各路人马争逐的社区荣耀。经由社区拜访，王瑞成发掘社区内位于民体路的一栋公寓内，楼梯走道竟然整理得非常典雅、干净；于是深思，如若整个社区的大楼、公寓楼梯间皆能如是整洁、漂亮，让大家都能共同来关心生活中的公共空间，自能无形中提升生活品质，这将是多么美好之事。

王瑞成，屏东县潮州人，年轻时在南部从事布料批发生意，1992 年迁居于现住的宝华社区至今。在这临近南台湾知名的风景名胜澄清湖畔，热心公益的布料、服饰股商王瑞成，2005 年毅然提供自己所居住的"九如星钻"大楼一楼店面，无偿当成社区发展协会的办公地点，身兼大楼的主任委员，多年来不但热心于所住之所，更延展为整个社区的服务、关照。

譬如，端午节时，会提供应时粽子，分送社区较为贫弱之独居老人、单亲妈妈，王瑞成亦对社区建设、环境整洁十分投入。终究，他决定不独善其身，对周围付出关注。

社区发展协会成立之后，他以理事长身份，办了不少的积极活动。诸如：带领社区小朋友前去澄清湖畔过夜，让一向惯于都会生活的孩子们体验野外生活；举行"小记者夏令营"，借以无形予以人文、品格教育，一个星期之间，让小朋友认识社区的历史、地理环境，培养其自幼就能具备爱乡惜土之蕴涵。其实，社区发展协会每年的夏令营已成宝华社区一大盛事，这在高雄市三民区宝华里，大约1300户、住民达4100人的地方，人们对王瑞成先生的信任，已然犹若自家人般地亲炙。

仿佛在寻常的巷弄漫行，静谧长墙无声地向前伸延，竟无在台湾任何都会印象中的：机车占领狭隘的小街、巷道，随置的流动摊贩厢车或零乱的杂物摆放……异常的整洁、干净，甚至连一根烟蒂、一张纸屑皆未见得。

这般经验说来美好。宝华社区访者初见，是自然而不矫饰，犹如带路的王瑞城先生其人之坦率、亲切性格。未曾抵达前，翻看资料，首先引起访者极大好奇的是"粉刷"社区之创举，显然，必须要亲自抵达参访，始能理解其内涵，访者误以为，仅是社区大楼、公寓外观拉皮、油漆，而未及内部。这才知道，几乎社区住家入口处的电梯间前及楼梯间直到三楼的公共空间墙面，都依照建筑物原来的漆色刷上新漆，要让社区住民及外来访者在推门进入屋子的第一个感觉，是整洁而舒坦，而非破败、灰沉。

"虹牌油漆"是响应此一美化行动的首位。起先是单纯的洽购行为，谈到社区的终极理想，就给予所有住民有个安身立命的向心力，集结爱乡惜土的情谊，怎样服务社区，使其有人文美质及骄傲的认同感自是重要；虹牌油漆应允，以成本价无限供应宝华社区范围内楼梯与电梯之公共空间，统一粉刷美化之用。

这当然亦需社区住户基本上的共识与认同，因之在解释其动机及说服之过程，亦是繁复而奔忙，千丝万缕。

感应灯的设置，毋宁是高雄市社区之创举。

能够贴心、细致地关照到夜归妇女回家，行走在巷弄之间直到抵达住处门口，掏出钥匙的那一刻"啪——"感应灯光如保护神般地亮起，一抹温暖的光晕照亮家居门外，仿佛向你轻语问安："您，回家了，欢迎。"整日辛苦，烟消云散。这份细微、可感的社区情感，是多么的动人肺腑之念。

访者看见树影婆娑之间，小小的庙殿之前，一座花树盎然的小圆环公园，被照料美好的植栽，偶尔鸟声、蝶舞。花坛灌木为岩片围护，这岩片多色，亮丽如珠宝光彩，形成一种仿如欧式小镇广场的静美，若设置几支太阳伞，摆上铺着方格布巾的咖啡桌，坐下来，啜饮下午茶，若能再有一组四人乐团，那是多么宁谧而圆满的一处净土！

（社区提供）

好一句"多栽一棵树"！

就是寻回纯净本质。

多栽一棵树，在宝华社区已是树美成林之异彩。

　　"这正是我们获得的信义房屋'社区一家'肯定的完成之一的典范之作……"王瑞成先生向访者欢快地诉说："另外，如前面看过的感应灯、公寓楼梯间粉刷工程、社区拱门重修，亦是此一辅助计划的成效呢。"

　　访者静静思忖：五年一亿元新台币，取之社会，用之社会，果真兑现信义房屋所提倡之"社区一家"的诉求及初心良意的祈愿，他们真的以实质力行允诺了，而此一首创之举，比拟政府文化主管部门十多年来戮力的"社区总体营造"的公务形式，由一个民间企业，如同信念发愿般地遍及本岛及离岛各处，如今欣见收获，开枝散叶，这是令人动容的善行盛事，信义房屋的周俊吉董事长，究竟是怎样的一个人？众者皆曰："有成之时，必回馈之。"但真正以身力行，真情实意，又有几人？周董事长却做到了。

　　周董事长喜引用菜根谭之言："待有余而后济人，必无济人之日！"他自谦说，公司还很小时，就开始做企业回馈，他的理念一直抱持着"多栽一棵树"之诚心，客气的答以："只是在尽一份社会公民的责任。"

　　在提出"社区一家"赞助计划之前，信义房屋所属基金会已默默地设置奖学金，关怀南投县信义乡偏远地区清寒学子，勉其"困而学之"的奋进精神；而"社区一家"之发心乃在于盼其"鼓励有心让社区变得更好的个人或团体，一起跨出自家客厅、跨出人际藩篱，走进社区和人群……"

好一句"多栽一棵树"！就是寻回纯净本质。多栽一棵树，在宝华社区已是树美成林之异彩。访者见到了王瑞成先生引以为社区指标的"入口意象"公共文化广场。原木为墙，置以高雄名景，这濒临不远处澄清湖的社区，竟有一方人文氛围，音乐与诗的展演小舞台，社区内的音乐人、艺术家皆可在此呈现最美丽的创意与演出，面对数百公尺之外，通向凤山、屏东的省道，若外旅者偶尔停车驻足，只要走进，皆惊艳于此一美景。

"闪烁茉莉"是初谙的植栽之名，原产于日本，而今为社区此一"入口意象"公共文化广场的代表花种。叶正反分两色，晴阴互见，不知开花之季是何等灿华亮丽？或者花叶茂美之时，无论四季晴雨，皆是闪灿炫人？循着铺置岩片质感地砖循行，但见高雄市文化局长，亦是名诗人的路寒袖（王志诚）留诗镌刻于墙，其诗不俗，犹似宝华社区。

鸟声啁啾，蝶舞时至。弄间巷道家居两旁皆是树荫盆栽，好不悠然。王瑞成先生说起此一广场用地之取得，历经无数次的洽谈、协调过程，其千折百转之艰难在于原是蔓草繁生的 80 坪私人土地，位于两栋大楼之间，无人闻问，却分属 74 户人家各持产权……同意与不同意，热情及冷漠的对应亦可想而知。这般辛苦的说服历尽误解、猜疑直至获得共识，三年岁月的磨合、耗损，终于取得所有产权持有者同意书，在文化主管部门乃至信义房屋、社区发展协会通力合作之下，终于圆满完工。

如今，宝华社区成了高雄市民允为"澄清湖畔一净土"的美称，不亦是信义房屋周董事长名言"多栽一棵树"的具体实现吗？理想社区，必要住民一起努力。

每一棵树都是社区住民眷爱如家人的深情，每一处巷弄街角的花圃亦有人认养呵护，逐日灌溉、修整，这里犹如美丽的森林花园，静谧的安身立命，各有所属之归向。

澄清湖在不远处，那湖光树影之间吹来的和风，必然在宝华社区岁岁年年，而闪烁茉莉，花香叶美，美在社区住民每天外出、归来的眸间、鼻息，闪烁幸福以及挚爱无数。

阳光与希望的起点

有鉴于集合式住宅乃都会形态中的新的社区生活形态，而一般人传统的生活习性总是将私领域布置得美轮美奂、温馨无比，然而对于踏出家门以外的公共领域就不闻不问。以致楼梯间、大门口总是张贴了许多广告而显得杂乱无比，有的则是光线昏暗甚至是电灯已损坏，这些也都容易成为犯罪的温床。宝华社区发展协会理事长王瑞成曾连任三届本社区住户最多之九如星钻大楼管理委员会主任委员，在任期间即曾推动该栋大楼公共楼梯间的住户共同油漆等美化工作，引起广大回响。而社区发展协会的干部于观摩其他社区的经验中发现，若能由与居民本身生活息息相关的公共事务着手，并且能使其具体感受到成果及好处，将最能带动参与及获得认同，因而向"社区一家"提出企划案，争取社区改造经费的赞助。

上好一村No.15的所在

宝华社区位于高雄市三民区，介于澄清路、觉民路、九如一路，以及民壮路与民业路之间。

林文义

野台高歌最好

No 16. 高雄市尚和歌仔戏剧团梁越玲

犹如一首台湾岛的浑然史诗，
充满澎湃、豪情的浩然之气！不就是这奇女子
心中的台湾理想中的"阳光"与"希望"吗？

首页摄影／陈建维　内文摄影／陆大涌

难以想象

，有人会突发奇想，以英语吟唱歌仔戏。首次眼见，歌仔戏会以欧洲宫廷舞形式，优雅地翩然演出，背景是在台湾孔庙，且配以交响乐团……

只有基督书院外文系毕业，却潜心于歌仔戏展演、推广且允为一生志业的女子梁越玲，会如此勇于化梦为真。

梁越玲？怎样的一个台湾奇女子？利落、坚决而凛冽的秀致，可以编写歌仔戏曲，亦深谙闽南语文学，对台湾近代史了如指掌，矢志在野台，在剧院，要将代表台湾本土文化，却并未应得肯定的歌仔戏带上国际舞台！事实上，这实践者已初步完成她的允诺。

梁越玲带领着在南台湾早已斐声闻名的"尚和歌仔戏剧团"，跨足美国、法国演出，并获致十分好评，说来不易。

"尚和"？用闽南语念出不就是"上好"？按语义诠释即是"最好"之意。梁越玲则轻快举出英语二字：SUN、HOPE——阳光与希望。果有深谙外文之才情，英华语音同出一辙，明白后，不得不佩服她的深思巧意了。

如是一般大学外文系出身，容貌亦是秀致气质女子，想是生涯规划是出国留学，或投身于企业职场秘书工作，竟然抉择以本土戏剧为终生志业，亦是一向被视最为艰辛，以剧场形式属于弱势甚而没落的"本土歌仔戏"，这非要有极强韧、决绝的理想性格，是难以达成。

尚和歌仔戏剧团于 1995 年仲夏成立于高雄。不独是单纯戏剧展演，他们亦着力于社区推广、校园巡演，其教育意义所呈现的用心在于"本土歌仔戏"象征台湾本质的民间百年艺术，必得留存，必得薪传香火。

梁越玲本身除了生角演出，亦是南台湾少见的剧曲撰写者；且看十多年来以其创作剧本逐一推出的精彩剧目"洛水之秋""声楼霸市""流星海王子""天河喜鹊桥"等。极受广大观众支持及好评，往往不落俗套，另有新意创见，犹若心念坚执的理想之火延续燃烧，一再以令人耳目一新的艺术呈现，要为似乎已约定俗成的"歌仔戏"印象，勇敢开拓一片花彩绚美的异境。

这是梁越玲首创的"情境剧场"方式，不搭传统舞台，而是以演出所在，诸如古代宫殿形态的孔庙、城门、古屋、树林、湖畔为舞台；灯光一亮，奏起的，不一定就是熟悉的唢呐、通鼓、锣钹，也许是丝竹之乐，甚至是欧式宫廷般的交响乐曲。梁越玲，试图告诉观众一些什么？

血液因子里埋藏着深潜的传承

吗？人们总是一再揣臆这头号生角的翩然俊俏，但见她翎毛抿唇，银枪刺日，但听她羽扇纶巾，诗文典雅，昂然武将，

（尚和歌仔戏剧团提供）   （尚和歌仔戏剧团提供）

儒雅书生……梁越玲卸装之后，依然是利落、标致的小女子。与之搭配多年的旦角林淑璟，却是地道的花莲人，毕业于滨临壮阔太平洋，七星潭畔天主教的"海星女中"。就是嗜爱歌仔戏，于是穿山越水到南部高雄，两个理想于戏剧之美的女子，从无到有，这而今堂皇声名的阳光与希望的剧团，就以这双绰约的生与旦，展演出属于歌仔戏的一段传奇。

　　终于，揭开了血液因子的秘密。梁越玲是家中六兄妹的最小一个，母亲竟是当年极富声名的"黑猫歌舞团"中的一员，青春年华，属意五彩梦幻灯光，舞台上恣意歌唱、舞蹈的美少女，这个由闽南语歌坛已成历史名人的音乐前辈杨三郎先生所创建的团体，延续着梁越玲母亲年少时寻求的人生意义，却是戛然而止的惆怅，"黑猫"终止了，她选择进入彼时的"新美都歌剧团"唱苦旦，名之"白香兰"。虎尾人的女孩，因酷爱演艺，遂于青春方绽花颜的 15 岁，离家出走，这是母亲告诉梁越玲的往事。

母亲的故事

仿佛传奇。梁越玲誓言不日必要书写这因爱演艺不惜年少出走的母亲遥远的故事，其曲折，其凄凉、哀愁与美丽，必然终会成为往后剧目深邃的动人之作，也许演出母亲角色的就是林淑璟，或梁越玲自己。

那是一个怎样千折百转的青春往昔？梁越玲又如何以女儿心情诠释、解读曾经梦幻、美丽的母亲？但至少事实证明——血液因子的秘密予以析解，这六个儿女中最小的女儿，大学念了外文系，竟承传母亲最后失去的理想。想来，梁妈妈应会在今夕思及，必然欣慰颔首欢喜了。怀了最后的女儿之后，就不再演戏了，专心全意当个家庭主妇，所以梁越玲有记忆之后，对母亲的印象，就是母亲会唱好多老歌、歌仔戏曲给孩子们听，竟成了生命中最甜美、幸福的成长追忆，自是后来着力于"歌仔戏"之一生允以志业的原始动能了。

"母亲啊，一直到结婚才见到我父亲……"梁越玲云淡风轻，犹如陈述她笔下的剧作故事："因为，那是母亲一段日日追随着剧团，南北二路奔走，披星戴月的辛苦岁月。"

以后，梁越玲所带领的尚和歌仔戏剧团，亦寻之母亲曾经行经的台湾全岛，无论庙会野台、文化中心，奔波展演如是……她一定凝视

上好一村　十八个充满阳光与希望的
台湾小镇故事

子夜征程中的远天星闪，想母亲。

2004 年，远赴法国巴黎演出的"流星海王子"，说的是台湾岛故事，夏至岛之传说，深具台湾意识的梁越玲，要在只浅识地理、历史，遥远的"福尔摩莎"的法国观众面前，告诉他们，南台湾古来名之"七鲲鯓"的美丽、悲壮的先民垦拓之本源，却是以神话之斑斓与梦境，给予陌生于"台湾歌仔戏"艺术之美的异国人明白这土地、台湾坚韧的草根质性，可说是用心良苦。

四面环海夏至岛，亲像蓝色多瑙河，
四季如春夏至岛，乌云惊走天晴和。

鱼虾满载无烦恼，五谷丰收唱山歌，
春夏秋冬会结果，弓蕉凤梨跟杨桃。

充满希望的和平之岛
充满荣耀的美丽山河
充满勇气的光明磊落
充满快乐的心平气和

以上所引的，就是梁越玲此剧所撰的幕终之赞诵，犹如一首台湾岛的浑然史诗，充满澎湃、豪情的浩然之气！不就是这奇女子心中的台湾理想中的"阳光"与"希望"吗？由此可见，的确与昔时印象中传统的歌仔戏相异，其创意及新潮，呈现尚和歌仔戏剧团求新求变且试图允以永续的真挚及志向，大器而不落俗套。

这样求新求变

的过程，毋宁亦多少受到保守者之不以为然，甚至在某些审核、对谈之间，遭到挫败与误解；但坚毅、理想性如梁越玲，当是据理以争，凛然说明创新其意涵，她自始思索，歌仔戏之百年延续，何以颓然？何以萧条？就是大多困于自怨自艾，而少尊严自重。

成立近十四年的团体，亦曾遭遇现实上的困境。现实很残酷，甚至有一次装载所有剧团舞台道具、场景、戏服的卡车竟在子夜火焚，几乎是风雨寒冽的烟灰尽散。幸而，支持爱护的长久观众，各方企业、政府文化单位，已久见此剧团在南台湾的耕耘、奋力早有所成，遂全力援助温暖，浴火重生。更多高学历的剧场、美术等艺术人才逐一加入，台谚："打断手骨颠倒勇！"这属于从南台湾出航的本土剧团，更是扬帆茁壮，阳光下绽放希望之花。

而今一年大约有 150 场的演出，无论是野台或文化中心。梁越玲认为，野台在庙前或村落固然辛苦，但更能让团员亲炙乡土的真实情感，亦是淬炼戏曲之深研、功力，这是很好的养成与训练，切莫惧苦，由衷热爱才是。

不止寻常展演

多年来，剧团深入中学、小学，教授唐诗吟唱、歌仔戏曲艺术，受到很大的欢迎及共鸣。社区教育自是不能忽略，能够在以外省眷村为主的左营社区，让众多不谙河洛语言的父老兄姊以认识本土歌仔戏之美，并且回馈以北管、南管之合鸣与共，是梁越玲最引以欣慰的美事。她坚信："以戏本身能感动人，是最重要的。"她亦以

图中为尚和歌仔戏剧团团长梁越玲。

"在地人演在地故事"之信念出发，因之获得信义房屋"社区一家"赞助的荣誉，可说是实至名归的真正肯定。

她的剧团侧记以诗描之"夏雨的戏棚"如下——

透早落一阵凉雨

清风微微

下晡这出戏

文是风武是雨

阮真爱热人的时

这种山雨欲来风满楼的戏棚……

阮的千军万马啊且慢过此山

恁看　天阴　雨蒙

山不见了　成海

众将官！

收兵啊……

散戏

阳光与希望的起点

身为长期深耕于旧城的在地剧团，尚和歌仔戏剧团除了艺术领域的创作与展演，对艺术文化的传承与推广更是不遗余力，如校园互动演出、社团教学、社区文化推广展演等，带领新生代与社区民众体验歌仔戏艺术之美。2004年，提送"旧城人，新风华"计划，幸获评审青睐，就此展开社区深耕之旅。剧团以深具亲和力的歌仔戏艺术，深入社区，规划一连串丰富的社区文化活动，如歌仔戏耶诞欢唱会、北管与圣乐演奏欣赏、歌仔戏社区教学、成果展演等，走进旧城古迹台湾孔庙，因而凝聚了歌仔戏爱好者、在地北管乐团、圣乐团、民乐团等旧城居民的在地情感。而2006年"打开旧城e歌仔戏笼"的课程与展演，带来更多旧城人的关注和参与，居民到台湾孔庙体验歌仔戏之美，或学习、或欣赏，营造旧城台湾孔庙成为社区文化新聚点，为旧城社区文化发展建立新指标。2007年"泮水荷香旧城戏"，尚和更发挥旧城文化潜力，以旧城最具代表性的庙宇，再次融入社区居民生活，唤起居民对旧城文化最真切的在地情感。期盼以歌仔戏艺术的柔性互动，增进人与人之间心灵与文化交流，凝聚社区动力，在在地文化团体与居民的共同努力下，社区文化之美能永续传承，展现社区独一无二的人文景观与社区特色。

上好一村No.16的所在

（尚和歌仔戏剧团提供）

尚和歌仔戏剧团位于高雄市三凤宫附近，搭乘台铁或捷运到高雄火车站，步行约十到十五分钟可达。地址是高雄市三民区自立一路71号二楼。

网址：http://sunhope.myweb.hinet.net/。

糖厂铁道—乐园

林文义

No 17. 嘉义县水上乡大仑社区

（社区提供）

犹若以真挚的关爱，
细心种下一棵树，耕耘一片花圃，
岂不就是人生的过程与体验？

首页摄影／陈建维　内文摄影／李玉清

已经废线

的糖厂铁道，静静穿过嘉义县大仑社区。南靖糖厂到大仑 3.91 公里，大仑到蒜头糖厂 6.65 公里，昔时，大仑社区的学子们还可以搭糖厂小火车抵达蒜头后，再往朴子市区去上学，美丽的甜蜜小旅行。

糖厂老员工，如今是大仑社区发展协会理事长的李水龙先生方在 2006 年退休下来，就与服务教育界达 40 年的前安东小学总务主任吕建钟，戮力于此地的社区再造。李水龙笑谈多年前往事，妻子是朴子人，善于绣花，没想到嫁来大仑村竟要伴随公婆从事农作，就在初谙耕种，背起洒农药的铝筒，用心做农妇之时，疲倦倒在田垄边睡着了，旁人大惊，以为李夫人是"农药中毒"了。终究是 30 年前，属于外来媳妇的趣事，却是辛苦。

外来媳妇的现代版，则是大仑社区发展协会的灵魂人物：翁琼珍。在中兴大学农学院园艺系时与丈夫沈荣寿相爱，沈先生如今是嘉义大学园艺系主任暨研究所所长，出身于台湾大学园艺学博士。这是一双美好恋人的故事，新竹香山女子到台中求学，与这略显腼腆却深具人文质感的沈博士相遇，坚决追随回到先生故乡嘉义大仑村。

夜来风凉，圆月皎亮，走进沈博士夫妇三合院古厝家居，竟是外观依然，内在现代，沈博士悠闲地在吧台煮香气袭人的曼特宁咖啡，夫人翁琼珍就在欧式的咖啡桌旁，专注地操作电脑键盘，口中尽是社区总体营造的关照。

2005 年夏天，嘉义县政府文化局举办的"亚洲夏至音乐节"堂堂在 6 月 23 日夜晚的大仑社区开演，村中央广场的新兴宫雄丽殿前，炫美的舞台灯光如节庆，来自德国、日本、印度尼西亚、外蒙古的乐团逐一现身，但见外蒙古国宝，歌手乌仁娜如大漠草原的绝唱亢声起音，夜就更美。

新兴宫主神为"神农大帝"。同时是主任委员的吕建钟老师以敬谨之心，向访者不厌其烦地解说此宫之历史沿革，且言之灵验之神佑，犹如对大仑村的爱与向心。

从台湾大学园艺研究所造园组毕业的新竹女子翁琼珍，儿女就在红尘千丈的台北都会诞生，选择追随先生决意返回嘉义大仑，是系之孩子的因素，她思忖：就让儿女成为台北人吗？美式生活、电玩、麦当劳、繁重的升学压力……至少，嘉南平原的田园、水圳，更得以接近土地。

曾经以种植黄麻

著称，大仑村在 20 世纪 50 ~ 70 年代最为风光。主要是黄麻抽丝可缝制成麻布袋，供应彼时糖厂所需，那个年代，从日本殖民时期接收下来的"制糖株式会社"，正逢世界糖价最高的好时光，全台湾的糖厂生产除了内需，外销亦占全省生产毛额的重要指标，大仑村的黄麻种植自是正逢其时。

80 年代以后，糖厂逐渐没落，黄麻产销亦跟着减少，乃至于全然废耕，在那转换的同时，美浓瓜亦是此地特产之重点，曾是嘉南一带

（社区提供）

（社区提供）

右一为嘉义水上乡大仑社区理事长李水龙，右三为总干事吕建钟。

的集中地，种植面积高达 400 公顷。50 年代的大仑村有 200 多户人家，如今由于年来着力于社区改造，外地迁居而来的新住民已不再以务农人口为主，更多的是来自嘉义县市的公务员、律师、医生、教师……形成一个 670 多户的美丽社区，想是与翁琼珍一般共识，要给下一代的孩子，一个接触土地、大自然的悠然、纯净的空间，确是用心良苦。

　　毕竟，社区营造的新观念是近十年来一次重大的思想革命。"九二一"百年强震，重创了中台湾，2000 多条人命的不幸，家园倾圮、损毁的哀伤依然不忘，却也相对激发了住民对于生活所在之地的深切反思："什么才是理想的家园？如何能得以真正安身立命？"社区总体营造的信念，如果只是在崩裂的废墟之中，重新构筑新房子，遍植花树而缺乏真正的人文素养，那与多年来，各县市散尽纳税人的血汗钱，盖了无用的蚊子馆、选举支票的荒废航空站有什么不同？理想与现实，终究要寻之最妥切的平衡，这可是一项大学问。以时间换取空间，必得要逐步地审慎前进，无法追赶，一花一草，一石一木，如何真正落实，需要通过计划、研讨，甚至是沟通与说服。

沟通与说服。

李水龙、吕建钟、翁琼珍、沈荣寿等社区发展协会成员，就经历了一次又一次艰辛的沟通与说服的奋斗过程。连接南靖、蒜头糖厂这条不到 11 公里距离的废线铁道，不再有来往频繁的运甘蔗小火车之后，心灵与实质的收获，是整个大仑村的浴火重生。
这火光是温暖而缓慢的，
这是时间与真情的融汇及无私奉献的感动。

蔓草丛生，几成荒径，两旁的住户开始扩展他们的额外用途；起先是成为各家停车场，日久月深，堆积各式杂物，甚至垃圾齐聚，或是开辟菜圃、搭丝瓜棚等。自扫门前雪，休管他人瓦上霜的陋习，人心皆然。

1998 年初秋，追随夫婿返乡执教的翁琼珍，开始热心地加入社区营造工作，逐户拜访，细说环境重整的意涵与前景，可以想见，铁道两旁的住户回以极冷漠、疏离的拒绝，甚至情绪化的对抗。仿佛历经一次又一次的洗三温暖过程，恶言、屈辱、索求、谣言、中伤，莫衷一是；耐心、诚挚的说服与沟通，终于达成全村之共识。

岁月逐人老
乡园永远在。生命存在的意义必须更为积极而亮丽；社区总体营造，在众多辩证、质疑中，终究落实于真正的呈现，绝非旦夕能得所成。犹若以真挚的关爱，细心种下一棵树，耕耘一片花圃，日夜巡看，浇水施肥，缓慢、耐心地看着草叶抽芽，花朵萌生，水与石，阳光、和风、雨露……岂不就是人生的过程与体验？

也许，您搭乘高速铁路，在嘉义太保乡下车，也许，曾经搭乘从台北到嘉义，在水上机场落脚的定期班机，或者，自己驶车南下……

几人知道有这样的一个名叫大仑的静美村落？台湾似乎很小，3.6万平方公里幅员；但台湾又似乎很大，去过异国他乡的台湾旅人，往往夸言行过大半个地球，对台湾却犹是陌生。这是盲点亦得反思。盲点是：台湾学校教育半世纪，不得不承认，仅教会学子争逐文凭、利己的职位，以及所谓"社会地位"之提升与如何获取财富炫耀，至于人文修养、乡土之爱，等于空白。

新竹女子翁琼珍，善于园艺造景。追随先生返乡执教，她是坚执不妥协的！誓言赋予儿女一个田园壮阔的嘉南平原成长环境，无论夏季西北雨骤急、台风猛袭，相信圳沟、果园、蔗田的丰饶，足以潜移默化儿女的心胸宽阔。心灵与实质的收获，是整个大仑村的浴火重生。这火光是温暖而缓慢的，这是时间与真情的融汇及无私奉献的感动，树苗壮了，绿叶成荫，花绽开了，四季各有风华；信义房屋赞助基金的肯定，足可印证大仑村人的努力。

沈荣寿与翁琼珍夫唱妇随，回到故乡打拼。

糖厂铁道

，不再有小火车来回，古老月台却依然静静等待，不是等待昔日上学的孩子，它明显地留住历史。铁道平交道旁的"南营将军"小小的庙祠，百年以降，天命般地守护着这片纯朴、静谧的田园及勤奋的大仓村民。

两旁的住屋前庭，犹若花园，不再是废弃物堆积，车辆占地的杂乱、荒芜，如今已是社区最引以傲人的休憩公园了。落成揭幕的大喜之日，大仓村民热烈地搓了六斗糯米汤圆以迎接贺客，嘉义县长陈明文竟争先成了欢欢喜喜的解说员，陪伴名音乐家，时为政府文化主管部门负责人的陈郁秀女士，行走参访，聚集千人，那天的大仓社区，仿佛嘉年华会。

生态池只见卵石畔，布袋莲悠然绿意，蛙影隐见，散步小径则是利用昔之铁道枕木嵌以红砖延绵而去；竟然在月台远处，停驻着一部糖厂之糖蜜车厢，真是甜蜜、幸福的示意。翁琼珍给予儿女之梦，亦是大仓村不朽之愿景。

不必浮夸、造作的允诺，幸福安居自是人之大愿。

阳光与希望的起点

据说早在300多年前，大仑社区的先民就来到这片土地开垦。当年生活穷困，穷则变，变则通的祖先发现两块洼地内的土质特别，纷纷挖来做水缸挑出去卖；挖着挖着生活改善了，不知不觉挖出了两个大池塘；从此，两个大池塘伴着大仑的世世代代。

40年前，大仑的孩子都是在这里学会游泳的，六年前，这些孩子回到水塘边，找到了对家园的大梦：绿满塘前蝶翩翩，大仑花园水故乡。2004年，社区居民申请信义房屋的"社区一家"计划，寻找实现理想的希望。感谢"社区一家"一路相伴，让美丽水塘的记忆回到大家的心中。凭着赞助经费，大仑社区又挖了三个池塘，只为了真实打造出一个绿满塘前水故乡，让大家亲身体验。

等大家理解、认同了，再一起动手改造家园，像世世代代的大仑人一般，守护着它。

（社区提供）

上好一村No.17的所在

大仑社区位于嘉义县，距离高铁嘉义站三公里处。可开车由中山高速公路水上交流道下，往西，接县道一六八往嘉义县政府方向，第一个红绿灯左转即可到达。

桑葚数里向海

林文义

No 18.嘉义县义竹乡东荣社区

是一种真正的家园之深情实意，
秉持一份给儿女们成长过程，
得以认知承先启后的珍惜情怀。

首页摄影/陈建维　内文摄影/李玉清

嘉义县

义竹乡东后寮，分别为东荣与东光二村。说是位于义竹乡，却是从布袋镇过来，想是离海近矣，穿越一处平交道，杨惠雯的车子就停在村长家门口。古名东后寮的这个小村落，以种植桑葚闻外，果然，村长二话不说，倒出紫色桑葚果汁，调以林凤营鲜乳迎客。"桑葚汁可抗癌。"原来，茶几前的欧吉桑是东荣村村长，而左侧那英俊、帅气的男子是东光村村长。

来自台北木栅的女子杨惠雯，一副好整以暇的闲适模样，手机在车行间，耐心地向来话者详诉路程指标，哪个路口的加油站相见吧。相约会合在村长家，一见，是个年轻的摄影者，来为信义房屋托付的任务，留予映像。

老先生提及昔之糖厂铁道童时记忆。铁道穿越村子，隔着家居围墙，缓慢驶过的运蔗小火车就从窗前滑过，孩子们可以气定神闲地伸手拉下几根白甘蔗，零食美趣也。感谢糖厂小火车，晨时远远鸣笛而至，村里孩子被唤醒，分秒不差的超级闹钟，从被褥中爬起，揉着依然睡意惺忪的眼睛起床，快速梳洗更衣后，追着小火车，准时上学。

铁道是童年的甜蜜

梦里遥想糖的幸福

我的家在嘉南平原

回忆小火车竟不见

杨惠雯的儿女，可能仅能从而今宁静，不再有糖厂小火车来回的废线铁道上，那具水泥砌成的玩具火车头揣想属于阿公阿嬷的湮远记忆，或者由父亲殷殷诉说童年往事；对曾住台北木栅，可说是典型都会女子的母亲而言，就只能微笑地深看探询的儿女，推说："请爸爸说吧！"

依然是典型的村落小街，甚至保存着50年前日本木屋形态的建筑，还开着小小的杂货店，小街排列着，像一幅怀旧的风景明信片。说来古老，却家家户户绿意盎然地种植盆栽，各色花树，洁净、整齐，令人望之心怡。

"最初，村长的姐姐率先勤于扫街，然后慢慢形成一种共感共鸣的好习惯。"杨惠雯气定神闲地解说："我们开始推行宝特瓶回收的宣导，社区协会成立后，利用这些瓶子，装置街角的小花园，乡亲们也乐于配合呢。"不错，访者皆见人家以空酒瓶为花圃边缘的界石，犹若以砖块堆栈般地井然有序，废物利用竟仿佛某种装置艺术。

热心推动社区改造活动的杨惠雯。

几落砖瓦平房的赵家古厝，岁近百年，依然堂皇有致；数位老妇，就在红花绿叶之间笑谈家常，多么和乐安适。固然栋间亦有倾圮无人居所，但果树、盆栽皆见之修整有序，多少得悉东后寮住民是相当注重自家的环境美化。给予访者印象是在村人的神色间，油然寻得一种闲适自信。

日本殖民时期末期，美军空袭台湾，赵家古厝逐成附近小学生迁移上课之用；如今看来，此占地宽广的古厝数落虽言破败，依然见及半世纪前的雍容气派！若提及东后寮建村历史，老岁人会昂然地言之百年之前，丁家建庄，赵家种蔗造糖发迹，陈家保卫乡里为傲。百年以降，丁家与陈家联姻无数，故今若遇乡人丁、陈二姓者，半是亲戚。

古厝话旧东后寮

百年后依然芬芳

阿嬷告诉众儿孙

青春像铁道长长

不再有小火车的糖厂铁道，枕木与枕木之间，巧思以各色瓷砖贴成马赛克图案，儿孙和76岁的老阿嬷笑哈哈地构成各种心中的梦。梦是多么纯真而多彩的马赛克图案啊，而后沿着铁道乃逦百公尺，仿佛记忆的从前接壤现在，时间试图凝结于最美丽的一刻；老阿嬷往往像唱歌般地向儿孙们说："古早古早，火车载咱去盐水、南势竹……糖厂甘蔗芳香甜蜜。这铁支路就是开向'幸福'。"

帅气的村长说，其实社区营造，并非一定要仰赖政府经费辅助，重要是从自家做起。起初，还是有过一段辛苦的说服过程，譬如角落花圃的设置，农作已是一生宿命的乡人还是坚信，这土地用来种菜、种稻就可以，种花美化家门左右何用？2002年，透过地方农会发起社造人力培训，则逐步进行传统农村的改造计划，2006 年申请政府经费，就大刀阔斧地全面展开，乡人从最初的冷漠，透过电视、报纸以及其他乡镇的参访活动，终于逐渐了解到此一正面的意义。

现在，最引人注目的，就是在台糖铁道左侧的一处雕塑公园，亦是东后寮社区首次向信义房屋申请到的经费所建构完成的奇迹。但见各式彩色动物、人形的金属片剪影般的亮丽雕塑，在废弃的旧碾米厂仅剩骨架的空间如嘉年华会的场景梦般呈现，有着红砖步道及小小展演舞台，若办个小音乐会，摆上咖啡桌是多么迷人怡情！

东光村村长萧加朗。

"曾经被火烧过

，而后废弃成垃圾场，荒草蔓生；交涉几次，原来的房地主人终于应允出借。真谢谢信义房屋及时雨的协助，现在这里是东后寮的艺术中心。"杨惠雯仿佛心中落下一块石头，充满欣慰地诉说。

那些剪影般的雕塑，猫、山猪、鹿、狗的铁片装置，从花圃延伸，自在如童话场景般地爬上墙垣、屋脊，仿佛孩子童稚之梦的线条及彩色；水泥墙间人与人的牵手、欢笑的朴拙壁画，清楚呈现东后寮乡人的愉快与幸福。

离乡半生回看
童年木麻黄籽

他们将一处猪圈改造成繁花似锦的公园，

的确是好教材，

俟后来者知悉历史及先人的筚路蓝缕建家园的艰辛与强劲。

没钱买弹珠啊

老去欢喜之泪

百年的木麻黄大树就在铁道两旁，半百之后从远方返乡的老先生见及故乡而今已是芳华新貌，不禁泪盈双眸。一位阿嬷农作一生后，决意在自己的土地上种植各种喜爱的果树：杨桃、龙眼、火龙果……她，非常快乐。他们将一处猪圈改造成繁花似锦的公园。昔时的砖造猪圈矮墙，可供闲坐如长椅，峇里岛式的木质凉亭里竟有早年辗压甘蔗成汁的古老石磨，并上搭牛轭，展示百年前以兽力拖拉。石磨交错之齿轮作用，的确是好教材，俟后来者知悉历史及先人的筚路蓝缕建家园的艰辛与强劲。

这猪圈变公园的传奇，几乎是全台湾的典范，木架上爬藤累累的丰美百香果，园中遍种鸡冠花及各式草叶。前方昔时的候车小亭，内置布告栏般的展览墙，贴满乡里小学生所摄影的各式映像，相机则是向外方所募集而来，让小朋友透过镜头，真正贴近、认识己乡的风土、人情。这小小但充满创意的不定期展出，是由社区发展协会邀请的驻村艺术家指导小朋友的，甚至不时发起寻找村里的古老抽水机，要参与田野调查的孩子们，究竟有多少？

村里更引人入胜的，是两株百年相依的"夫妻树"，已成为嘉义

（社区提供）

东荣村村长丁胜义。

一景，许多年轻情侣都喜欢来到树下，以盟誓言。杨惠雯曾邀请村中年长夫妻来到树下，互诉半生衷情；但见纯朴、羞怯的老阿嬷竟红着脸颊，勇敢地向结婚四十年的老伴说出感谢的真情话语，笑中带泪，感人至深，那是为这两株百年古榕进行一次"结婚"仪式的盛景。

田边的桑葚树

原先是用来防风的，没想到竟成为此地特产；以前东后寮亦以种植玉米、高粱闻名呢，但每在夏、秋之交的台风，折损不小，日子接着日子，这个而今美丽、静谧的村子，已是充满童梦的理想之乡，大学时代主修会计的台北女子杨惠雯自是此地尽力、可感的灵魂人物。是一种真正的家园之深情实意，秉持一份给儿女们成长过程，得以认知承先启后的珍惜情怀，比起而今某些语出空洞、粗鄙的"爱台湾"，却是在行为上极端恶质的"害台湾"之可耻政客，是令他们反思汗颜。没有夏、秋之季的台风耗损，平时，风从数里之外的布袋海岸吹来，还是感觉空气中轻晃的流动……海，在不远之处，美丽、静谧的东后寮村落，从昔到今，乡人们皆是自然而成的巧思艺术家。从荒芜到梦土的过程，"猪圈变花园"是一句客气、谦虚的话。就像锐气、理想性及充满温暖微笑的杨惠雯及她的社区发展协会的同侪们，那群白天裹着红花布斗笠的阿嬷、阿婶，一定会永远伸出可亲、可感的双手邀请您："有空，请来东后寮走走吧！"

阳光与希望的起点

东后寮，位于嘉义县义竹乡最美丽的社区东光村与东荣村，合称为光荣社区。自2002年起，社区里一群阿公阿嬷自主性地打扫社区环境，只因为不想让光荣社区成为肮脏丑陋的地方，只为了让东后寮古厝再现风华，这是爱家乡最单纯、最执着的表现。一个来自大都会的小姐，嫁入传统农村为妇，因为被这一群可爱的阿公阿嬷感动。她不会耕种、不会养猪，却在社区里教着种了一辈子农作的阿公阿嬷种花种树、整理猪圈。不为收成，只为了让东后寮的阿公阿嬷活得更有尊严、更有意义，也让光荣社区的小朋友更加认识自己的社区，肯定自己家乡的传统价值。

2006年起，一面开始社区的文化保存及环境整理绿美化工作，寻找东后寮的旧历史，同时共同创造光荣社区的新历史；一面整理古厝，开放给都市人体验没有五彩霓虹灯、没有人车喧哗，不用闻汽车的废气味、不用挤公车、不用赶时间，只有白天的大太阳，把棉被晒得暖烘烘的，可以闻到太阳的味道，只有晚上的满天星光闪烁配合着田中的虫蛙，演奏着大自然交响乐曲的地方。

（社区提供）

上好一村No.18的所在

自行开车的人，可由中山高可自新营交流道下，往盐水方向，过了八掌溪，接台十九线，往北朴子方向，约十分钟，在91.5公里处即是东后寮。南二高可接省道八二号（东西快速道路）朴子下交流道，往义竹方向，接台十九线，往南行约十五分钟，第一个被台十九线贯穿的村庄就是东后寮。打算利用大众运输的访客，可由新营火车站前搭乘新营客运往朴子线。或是搭乘高铁，再搭免费接驳车到朴子后，搭新营客运往新营线。统联客运也有直达朴子的班车。

感心的学习之旅

林文义

便捷的高速铁路带我南下，静静思忖：即将面对的陌生朋友以及经年未往的南方台湾，景致如何重见？

台北都会的作家，怎般来描写未竟的社区新貌，抑或是虔心专志于某种美学之坚执；一向以散文抒情放怀，终究是自我内在反思或外在观点，这次，想是不若以往。

浊水溪以南，壮阔美丽的嘉南平原，我抵达了。

九月阳光犹若南方朋友般热情亲切，首访台南府城，再次嘉义，而后高雄。访谈的朋友陌生转熟稔，我静静倾

〔李玉清摄〕

听，抄写笔记，追随他们走过由萧索转为新而美的社区，糖厂旧铁道蜕化为静美的公园，植栽不只是花树，且是经年累月以奉献无私的乡土之大爱，老人照应，眷村成乐土，以故事慰人希望，戏剧教育深入学校、社群……由梦成真的过程，不是作家在书写，反而是向他们学习与感心。

如果不是信义房屋"社区一家"的五年有成，并给予作家一次感心的学习旅次，亦不可促使我与20多年的文学好友李昂女士、刘克襄先生合写出这本有意义的真情之书。感谢南部的六位朋友，或是更多默默为台湾奋力的社区奉献者，因为你们，台湾是如此的充满希望。

致谢 上好一村，感谢有你

2004 年台湾大选后，公司在董事长周俊吉先生大力支持下，五年共提拨新台币一亿元的经费，推动"社区一家"赞助计划，鼓励有心让社区变得更好的个人或团体一起打破人际藩篱，共同为社区努力，并进一步繁荣社区。推动之初，曾经有社区民众对信义房屋这样的民间企业推动社区营造计划，怀疑其实另有目的；但是从我们推动的过程中，包括信义房屋不参与介入评审过程，历年获赞助社区大多数不在信义房屋分店商圈，提拨赞助经费与公部门计划相比所拥有的弹性，以及我们不仅提拨经费，还成立专家顾问团，并且给予活动执行方面最实际的建议，而逐渐放下了疑虑。也因为这样全程的信任，信义房屋也与社区建立协同成长的伙伴关系，社区本身也因为信义给予的信任和尊重，进一步提升了社区营造的活力与品质。

负责"社区一家"赞助计划的我，在这五年过程中，随着评审老师进入社区，亲身接触社区，看到许许多多感动人心的社区故事。不论是从一人做起的故事妈妈、文化传承，还是号召居民改造环境、振兴地方产业等，一个个社区故事都是为了打破人际冷漠、增进人与人之间互动而投入的心血。见证了许多社区空间从荒芜到精彩的过程，如何透过"社区一家"赞助计划发酵、发挥改变人心的力量，我也从这些人身上感受到了这份活力与热情。

也因此，我们希望将人与人互动互信进而改变社区的故事集结成册，在景气不好的环境中，借此书的出版给社会大众打气和鼓励。

这样的想法获得三位台湾文坛重量级作家李昂、刘克襄、林文义的认同，他们愿意携手记录来自 18 个村里的梦想、活力与感动；还有摄影大涌哥，以及《天下杂志》出版部总编辑金玉梅、责任编辑傅叔贞与美术设计陈俐君费心编排，并请托三度荣获格莱美奖肯定的设计大师萧青阳，统筹全书的形象与包装，让整本书有了生命力。更加感谢！

最要感谢还是本书中的 18 个重要主角：社区！这群为社区引入阳光与希望的人包括：

台北市草山生态文史联盟海珍姐、美女姐；台湾兰溪人文自然发展协会浴云姐、俪颖、嘉佑；台东县卑南乡的巴奈与那布；澎湖县湖西乡陈乡长、洪馆长、馨榕、丽妃姐；花莲县寿丰乡牛犁社区雅帆姐、钧弼；花莲赤柯山十三弯剧团潘素燕理事长（小燕子）、俊东团长；苗栗县狮潭社区张华文理事长、胡清明老师、琼铃姐、徐斐燕大哥；台中市西区何厝小学何志平校长、欧家好老师、黄主任；台中市南屯区宝山社区施明辉理事长（辉哥）、赖荣汉团长伯；南投县埔里镇长青村芳姿村长、子华大哥及所有长青村美丽英俊的阿公阿嬷们；云林县麦寮乡杨厝社区丽玲姐、林京桦老师；彰化县大村乡平和社区赖俊亦理事长、郭加图老师；台南市北区长荣社区潘美纯里长；永康故事人沈采蓉（巫婆妈妈）；高雄市三民区宝华社区王瑞成理事长；高雄尚和歌仔戏梁越玲团长、妏卿姐；嘉义县水上乡大仑社区李中明村长、李水龙理事长、吕建钟总干事、琼珍姐、沈教授；嘉义县义竹乡东荣社区丁村长、萧村长，以及惠雯姐。

当然，还有这 18 个社区的社区居民，
这份来自厝边的热情与热力，因为有你，社区更好。

——信义房屋"社区一家"专案负责人　黄卉芃

更多社区故事请上"社区一家"网站
http://www.sinyi.com.tw/community/

北部地区（七）

1.提供民间企业借由艺术活动参与社造经验

台北县汐止梦想社区

梦想基金会主要以提升社区生活素质以及文艺气息为社区营造诉求。基金会因对生活环境和这片土地的关心，靠着在社区中所经营的餐厅、茶馆及才艺班为主要的经费收入来源，邀请世界各地的艺术家，免费提供来回机票和三餐及零用钱，住宿部分则由基金会和社区居民一同提供。丰富又多元的活动，提供社区居民挥洒创意及参与的机会，让来自不同地方的异乡客都有光荣感，进而形成社区的联结与凝聚力，梦想已经不再是空想，而是具体的理想实践。

2.提供社区医疗及长者关怀照顾的社造经验

台北市北投社区

因应高龄化的问题，由社区医疗团队及社区妇女主动投入社区健康医疗及老人关怀照顾等工作，进而将北投拥有的在地历史人文特色，加以调查记录及推广。另外结合数位导览的开发，由社区内资深解说员带你发现不一样的北投，行走淡北古道，循着店家拜访燕子与北投街区，这样的踏访别有一番纯朴的风味。这里有百年碳窑、清幽水圳、北投特产桶柑园、观光农园等，自然人文值得细细品味。

3. 提供都会区居民主动参与文资保存之经验

新北市三峡老街

三峡老街以民权街、和平街、仁爱街和中山路保存得最为完整。民权街是昔日繁华时代的老商业街，至今仍保留完整的日本殖民时期的商业街屋，许多物资、货品都在街上交易买卖。相较于日本殖民时期的原貌，市街经过了改正，道路也做了一番整顿，成为一条整齐光鲜的现代化街道，新洋楼也竞相兴起，呈现三峡的风光岁月。

4. 提供先住民部落资源共享改善生活的经验

新竹县司马库斯

社区以台湾红桧锯木群自然生态产业、泰雅尔族传统编织产业、高山蔬果农产品产业及民宿经营等产业为主。被称为"上帝的部落"，是台湾六大登山徒步路线之一。全程风景壮丽，号称全台湾最偏远的泰雅族部落，因少人造访而充满神秘感，亦称为"黑色部落"。区域内有许多超过千年的神木，拥有丰富的森林资源，是台湾神木的故乡。

5. 提供农村社区美化及传统产业再生经验

苗栗县黄金小镇

以美丽的阿勃勒花海为名，串联公馆印象园区与苗栗陶瓷博物馆，也整合了地方产业。此外，这里还有荷塘居的生态复育、黄金烘培屋及竹艺编织、车枕竹堂、田园水圳自行车路线，以及台湾唯一的红枣观光果园——石墙社区，更有独特的稻草创意编织等。黄金小镇延续了本土的乡村文化，营造出了乡村之美。

6. 提供受工业污染且没落的社区借由文化创意产业再生的经验

宜兰县白米社区（木屐馆）

日本殖民时期，日本人利用白米地区的自然条件设置水泥厂，推动石灰石、石粉等加工业。但是长期下来，居民整日生活在尘土飞扬的世界，社区文化生活也难以维系。幸而，居民的社区意识逐渐觉醒，建立起改善社区环境的共识，借由参与全台湾社区博览会的机会，居民重新审视社区珍贵独特的经验，确立以塑造全台湾唯一的"木屐村"为自己家园的愿景，以文化产业的手法，来带动整个区域社会生活品质的提升与经济的振兴发展。

7. 提供传统农村开发文创产业及艺术介入经验

宜兰县珍珠社区

当地为传统农村社区，为保存农村竹围风貌，社区保有十五座竹围以发展民宿产业；另为建立社区文化产业，社区特聘请专家协助开发稻草文化产业，近年来与在地艺术家合作，为社区谋商机并美化景观地貌。

中部地区（五）

1. 提供社区开发地方文创产业的经验

台中市彩陶文化协会

文化协会研发创造与地方特色小麦相结合的文化特产，兼顾实用、展示、教育、艺术的功能，培训社区居民生产有创意附加值的艺术礼品。协会通过在乡、镇、市举办地方产业文化活动推广文化产品，并以生活化打造地方特色，再结合周边观光与教育等资源，共同创造地方产业活络的契机。

2. 提供都市化中妇女保存传统聚落文化及精神的经验

台中市枫树社区

枫树社区是中部开发古道上重要的农村聚落，至今保留部分1950年代台湾农村风貌。枫树社区有枫树陶坊个人工作室、诚实商店及枫树多宝盒等。社区为服务国际友人，积极厚植当地学子外文素养，定期培训外文导览人才。社区内保留了农村最纯朴的人、情、心与浓浓的怀古幽情，在都市化的城市中，这里不仅有环保、文化、艺术、教育，还有社区居民保护家园的努力。

3. 提供灾区自然环境、传统产业、人际关系的重建及再生经验

南投县桃米社区

"9·21"地震后，新故乡文教基金会进入埔里桃米社区，协助居民从家园的山水土地间，找到一个重建与转型的新方向。桃米居民上上下下动起来，为打造生态村的理想而努力，以生态工法进行社区绿化与美化，家户及景观设施大变身。至今基金会以永续教育求新知，培育社区解说员传播生态保育观念，带动地方开设特色民宿、风味餐饮及桃米工班等，创造了1/4社区居民的就业机会。近来成立 Paper Dome 见学园区，与日本灾后重建组织——鹰取教会交流，可体验如何将危机化为转机。

4. 提供以彩绘壁画带动社区发展和开展乡土教育的社区营造经验

云林县台西乡海口社区

云林台西曾因电影《台西风云》蒙上"流氓之乡"的污名，海口社区的年轻人为此感到不平，于是成立了"台西艺术协会"，积极向外界传递今日台西。在国际青年志工下乡彩绘活动举办后，协会带动社区居民开展彩绘壁画，妆点社区。他们还利用庙庆举办海口庄庙会文化季，辅以艺术市集，帮助渔民增加收入，更大力打造出墙上彩绘故事街，培养社区小朋友阅读与美学素质，开展乡土教育，使得"社区营造"能往下扎根。

5. 提供加入艺术变废为宝开创社区未来的社区营造经验

彰化县王功社区

王功社区位于彰化县芳苑乡，是一个半农半渔聚落，著名的蚵仔故乡。在通过王功美食节开展第一波社造遭遇瓶颈后，社区协会发现社造必须从根本事物入手，开始以蚵仔壳和黏土制作蚵艺制品并申请专利，将蚵仔艺术创作发展成为地方文化产业。蚵艺文化协会更承办每年的"王功渔火节"，以蚵仔艺术带动社区发展，从一个入夜后只剩灯塔闪亮居民无处可去的社区变成如今有文化馆、景观大桥、美食街的活力社区。

南部地区（五）

1. 提供农村与大专院校合作参与社区营造工作经验

台南市土沟社区

原本步入没落的农村——台南县后壁乡土沟村，2001年土沟农村文化营造协会成立，协会开始进行社区改造。在协会、居民与指导团队的共同创意之下，文化学堂、阿嬷灶脚、猪寮咖啡厅、水牛起厝等不断建成，让村子有了不同的面貌。

2. 提供都会区居民主动参与文资保存的经验

台南市五条港历史区域

位于府城旧城的城西区域，原为日本殖民时期庶民经济区域，后随着旧城墙拆除而渐没落。目前该区尚保留部分庶民文化资产，诸如传统街道、水文地理、连栋街屋、民间庙宇、传统产业等。因此来到府城除了看著名的孔庙、赤崁楼，也可来此感受不同的台南旧城风貌。

3. 提供借由文史调查认识在地文化进而提升周边环境

高雄市湖内乡大湖社区

社区致力于"大湖文史志"的编撰，包括大湖村的由来、大湖遗址、社区耆老口述历史等。社区发展协会进一步发挥"陪伴社区"的功能，成功联合田尾社区跨社区共同提案，透过地方文史观点结合空间营造议题。社区内已整理出 10 公里自行车道，沿路营造了两处休息站，并竖立有关大湖遗址的文化解说牌。社区居民成功借助社区组织的力量，一步一步地改变了自己的生活环境，逐步建构出属于大湖社区的健康人文环境空间。

4. 提供社区参与闲置空间再利用的经验

高雄桥仔头糖厂艺术村

桥仔头糖厂艺术村自 2001 年开办以来，累积了相当大的文化能量，已经成为台湾艺术家进驻操作重要的指标，也是台湾推动闲置空间再利用的杰出案例之一，具有不可替代的价值。同时，桥仔头糖厂艺术村不仅建立了良好的社区互动，而且也在国际间渐次地打开了知名度，每年都有不少国外艺术家参与进驻，使得艺术村不仅具备在地性格更兼具国际视野。

5. 提供基金会与生活圈居民合作开发地方特色产品带动地方发展经验

屏东阿猴文化生活圈

屏东阿猴文化生活圈是由萧珍记文化艺术基金会以萧氏家庙为起点进行的社区整体改造的成果。基金会通过举办黑金町文创市集吸纳文艺工作者，规划"生活美学讲座"提升社区民众生活品位，组建健康社区联盟。基金会更整合地方特产将之开发成系列代表屏东阿猴精神的伴手礼，使观光结合产销，带动经济发展，让美好生活的理想在这个"身心灵合一"的社区逐渐成为现实。

东部地区（四）

1. 保存地方人文特色及推动文化观光经验

台东县永安社区

荣获十大经典农村社区的永安社区，位于花东纵谷风景区内。社区主要农特产为凤梨及福鹿茶，社区全力发展观光产业，福鹿茶及飞行伞是永安两大吸引观光客的主力。

2. 提供客家族群发扬传统文化及推动文化观光经验

台东县万安社区

"万安社区稻米原乡馆"就像是池上乡的游客中心，集结了池上乡各种农产品。二楼赏景餐厅有阿嬷私房料理，可边用餐边欣赏山水美景，另外更提供米画 DIY、砖雕、插秧、收割及社区导览等服务。社区内还提供住宿二日游的套装行程，可轻松体验台东农村的生态美食之旅。

3. 提供客家族群发扬传统文化及推动文化观光经验

花莲县富源社区

纵谷的富源社区，有令人震撼的鼓王争霸战（每年 7 月）、老阿嬷造型的布偶及社区妈妈的靓染，也可 DIY 体验染布的乐趣，还有蝴蝶谷、萤火虫与森林浴，是休闲度假的好去处。

4. 提供以青年寻根行动带动社区发展和山地体验之旅的经验

台东市知本社区

知本社区原本是卑南族村落，但由于地处温泉景区，在旅游带动经济的快速发展下人们逐渐忘记根的所在。曾神父以青年寻根活动重建了巴拉冠青年会所，带领青少年以口述历史行动找回村落精神，重建部落文化，并以原始手工坊、山林狩猎等活动面向社会展开山林体验之旅，在发展经济的同时保护缤纷神秘的地方文化。

岛屿（一）

1. 提供渔村保存传统聚落并带动地方文化观光的经验

澎湖县二崁文化村

位于西屿乡的二崁村，保存了澎湖最具特色的砗古石所盖的民宅。砗古也就是珊瑚的骨骼，珊瑚骨骼坚硬而多孔隙，坚固耐用。早期澎湖人缺乏建筑石材，便自海中掘取砗古石，因而形成澎湖古厝特有的石材面貌。其中陈氏古厝还入选为台湾古迹。虽然二崁村仅有五十户不到百人的居民，但是在台湾保存澎湖县西屿乡二崁村聚落协进会人员的努力用心下，目前正在进行古厝修复工作。村内更设置童玩馆、民俗馆等生活馆，让你在参观澎湖传统村落之时，也可以感受传统生活的实质内涵。

注：1.本交通导览仅为建议，参观者亦需综合考量其他通达方式。

2.本交通导览起始站点均自动默认为台北车站。台北车站位于台湾台北市中正区忠孝西路1段49号，为台湾铁路管理局纵贯线、台湾高速铁路、台北捷运的铁路车站，也是台北捷运板南线、淡水线的交会车站，乃三铁共构的地下车站。站体周围也有长途公路客运枢纽站台北转运站及台北西站A栋、B栋。

一　"充满希望和阳光的" 18个社区

澎湖县湖西乡 HI 剧团

台北车站——高雄车站或嘉义车站——高雄或嘉义码头——澎湖

★也可选择搭飞机

台湾兰溪人文自然发展协会

台北车站——捷运新店站——沿北新路至文山中学搭公车绿3——花园新城

至社区后从全家便利店旁的桃李一路进入可见兰溪协会桃李馆

花莲县赤柯山十三万剧团

台北车站——花东线——玉里站

台东卑南乡初鹿部落

台北车站——台东火车站——鹿野火车站——初鹿部落

花莲县寿丰乡牛犁社区

台北车站——花东线——丰田火车站或寿丰火车站——寿丰乡丰山村中兴街 37 号

台北市草山生态文史联盟

台北车站——阳明山公车总站——往花钟方向步行约 20 分钟

苗栗县头屋乡狮潭社区

台北车站——苗栗火车站——新竹客运到公馆吧或搭火车到竹南火车站——搭乘苗栗客运到头屋下车

台中市西屯区何厝小学

台北车站——台中火车站

台中市南屯区宝山社区

台北车站——台中火车站

南投县埔里镇长青村

台北车站——台中火车站——在火车站对面搭乘南投客运新埔里线——埔里

云林县麦寮乡杨厝社区

台北车站——台北转运站——云林车站

彰化县大村乡平和社区

台北车站——松山火车站——员林——搭乘彰化客运员林站往田中方向的班车——平和社区站下车

台南市北区长荣社区

台北车站——台南火车站——台南市北区长荣路五段

台南县永康社区中兴故事巷

台北车站——台南火车站——台南市永康区中华路 216 巷内

高雄市三民区宝华社区

台北车站——高雄火车站——三民区澄清路附近

高雄市尚和歌仔戏剧团

台北车站——高雄火车站——步行十分钟至三凤宫即可见

嘉义县水上乡大仑社区

台北车站——高铁嘉义站——近站三公里处即是大仑社区

嘉义县义竹乡东荣社区

台北车站——新营火车站——新营客运至朴子站——东后寮

二　信义社区营造研究中心补充
推荐 22 个小社区

北部（七处）

台北县汐止梦想社区

台北车站——汐止火车站

台北车站——捷运板南线——昆阳站后转车

★需注意台北车站的 605 线路分两种，一种快速公车走南京东路到松山后走高速公路直达汐止

台北市北投社区

台北车站——东区（昆阳—永宁线）——士林夜市（淡水线）——北投（转新北投线至北投温泉）——北投温泉

★台北车站搭板南线可以到东区，但得再回到台北车站才能转淡水线到士林。

新北市三峡老街

台北车站——捷运板南线永宁站——916路线

新竹县司马库斯

台北车站——新竹站——转客运到竹东——搭火车到内湾，到内湾后建议租车。建议在新竹市租车，或在内湾搭便车上司马库斯。

★台北有大巴直通竹东。

★新竹市有地方租车，内湾未必有。

苗栗县黄金小镇

台北车站——苗栗火车站——黄金小镇

宜兰县白米社区（木屐馆）

台北车站——北回线火车——苏澳车站（注意：非"苏澳新站"）——永春里方向步行——白米社区

★步行大约要半小时。

宜兰县珍珠社

台北车站——北回线火车——冬山车站 东山乡方向——珍珠社区

中部（五处）

台中市彩陶文化协会

台北车站——台中站——大雅区 (428 路线) 大林路 66 巷 12 号

台中市枫树社区

台北车站——台中高铁站或乌日火车站——南屯区黎明路一段223 号枫树脚文化发展协会

南投县桃米社区

台北车站——台中火车站——在火车站对面搭乘南投客运新埔里线——埔里

云林县台西乡海口社区

台北车站——台北转运站——三重重阳站——林口站

彰化王功社区

台北车站——高铁新乌日站——鹿港客运到鹿港——转搭员林客运到王功

南部（五处）

台南市土沟社区

台北车站——后壁火车站——搭乘土沟农村美术馆出租车前往

台南市五条港历史区域

台北车站——高铁至台南高铁站——转沙仑线火车至台南火车站——五条港神农街86号文化会馆

高雄市湖内区大湖社区

台北车站——高雄火车站——大湖火车站

高雄桥仔头糖厂艺术村

台北车站——高雄火车站——高雄捷运红线至桥头糖厂站

屏东阿猴文化生活圈

台北车站——台铁西部干线／南回铁路——屏东站

东部（四处）

花莲县富源社区

台北车站——花东线——富源火车站——瑞穗乡富源村10邻31号

台东县永安社区

台北车站——台东火车站——鹿野火车站——永安社区

台东县万安社区

台北车站——台东线池上车站下车——稻米原乡馆

台东县卑南知本社区

台北车站——台东线——知本站

岛屿（一处）

澎湖县二崁文化村

台北车站——高雄车站或嘉义车站——高雄或嘉义码头——澎湖

★也可选择搭飞机

图书在版编目（CIP）数据

上好一村：十八个充满阳光与希望的台湾小镇故事 / 李昂，
刘克襄，林文义著 . —北京：社会科学文献出版社，2013.7
（2014.12 重印）
（社区营造书系）
ISBN 978-7-5097-4803-9

Ⅰ. ①上… Ⅱ. ①李… ②刘… ③林… Ⅲ. ①故事—
作品集—中国—当代 Ⅳ. ① I247.8

中国版本图书馆 CIP 数据核字（2013）第 142362 号

· 社区营造书系 ·
上好一村
　　——十八个充满阳光与希望的台湾小镇故事

著　　者 / 李　昂　刘克襄　林文义

出 版 人 / 谢寿光
出 版 者 / 社会科学文献出版社
地　　址 / 北京市西城区北三环中路甲 29 号院 3 号楼华龙大厦
邮政编码 / 100029

责任部门 / 社会政法分社（010）59367156　　责任编辑 / 刘　芳　秦静花
电子信箱 / shekebu@ssap.cn　　　　　　　　责任校对 / 张　羡
项目统筹 / 童根兴　　　　　　　　　　　　　责任印制 / 岳　阳
经　　销 / 社会科学文献出版社市场营销中心（010）59367081　59367090
读者服务 / 读者服务中心（010）59367028

印　　装 / 北京季蜂印刷有限公司
开　　本 / 787mm×1092mm　1/16　　　　印　　张 / 16.25
版　　次 / 2013 年 7 月第 1 版　　　　　　字　　数 / 170 千字
印　　次 / 2014 年 12 月第 2 次印刷
书　　号 / ISBN 978-7-5097-4803-9
著作权合同
登 记 号 / 图字 01-2013-3865 号
定　　价 / 68.00 元